書下ろし

木鶏（もっけい）

新・軍鶏（しゃも）侍④

野口 卓

祥伝社文庫

目次

笹濁り（ささにごり）

一

「おッ。これだ」

源太夫は思わず声に出していた。

急流の波に弄ばれながら早瀬を流れて行く浮子を目で追っていたとき、脛や向こう脛にくすぐったい感触があった。足の指にも、である。

久し振りの瀬釣りであった。

裸足になり、踝の上から膝下辺りの浅い瀬に立って釣る。流れに向かって直角の位置に立ち、竿を振って浮子を前方のなるべく遠くに落とす。鉤形になった竿と釣糸が一直線になるまで、弧を描くように瀬を流して行く。喰いがないまま浮子が下流の岸近くまで流れると、竿を振ってふたたび前方に落とし、それを繰り返す。

そのようにして、ひと流しごとに数歩ずつ下流に移動しながら釣るのである。

一間半（約二・七メートル）の釣竿に対して釣糸はバカ二尺（約六〇センチメートル）で、錘は付けない。道糸の浮子の下に五つから十の鉤素を、釣針が道糸の逆方向になるように短く結ぶのがコツであった。そうしておくと、急な流れでは鉤素が道糸と直角、つまり真横に枝分かれして前後に揺れ動くので、魚が生餌と勘ちがいして喰い付きやすい。

なにもかも権助に教わったとおりで、バカとは釣糸の釣竿より長い部分のことだそうだ。鮠釣りには、バカ二尺ぐらいがいいだろうと言われている。

暮靄時が近いため、川面に薄っすらと靄が掛かり始めていた。上流にも下流にも、何人かの釣人の姿があった。ぼんやりとしか見えなくても、立ち姿から武士らしい者もいた。

かつて教わったとおりに源太夫は瀬釣りを楽しんでいるが、すると忠実だった下男のことがしきりと思い出されるのであった。

波に揺られながら流れ下る浮子を、ひたすら目で追う。

浮子の少し下流で、水面が細かく震えて盛りあがった。透かさずあわせると銀鱗が煌めいて、鮠の微細な体の震えが釣竿を握った右手に伝わった。

夕焼雲を映して、細長い魚体が一瞬だが赤く輝いた。竿を立てると真っ直ぐに手元に来るので、針を外して魚籠に落とす。

腰帯に紐を通した魚籠は、鶴の頸のように長い網の先が水に没している。

底には径が四寸（約一二センチメートル）、高さが三寸（約九センチメートル）ばかりの孟宗竹の節の部分を取り付けてあった。魚籠と釣竿は権助が元気なころに作ったもので、竹の節はよく乾燥させた上に火で炙って油を抜き、表面を薄く炭化させてあるので軽くて扱いやすい。

器の底で背中を見せて蠢く鮠は、三十尾をくだらぬだろう。

「これだけ釣れれば十分だな」

権助は常日頃、食べられる分だけ釣れたら十分ですと言っていた。その声が聞こえたような気がして、源太夫はつぶやいたのかもしれなかった。

岸には向かわず、しばらく急流に突っ立っていた。

心地よい脛の感触は止むことなく続く。流れが急なため、小魚は脛の下流側を突いているのだが、あるいは肌の塩分や脂を舐めているのだろうか。ほんの僅かでしかなくても、小魚にはそれで十分なのかもしれなかった。

早瀬の急な流れをゆっくりと岸に向かう。

釣りが得意でない源太夫が、四半刻（約三〇分）もせぬうちに三十尾の釣果を得たのは、権助の言ったことを思い出し、それに従ったからである。

「なにもかも、権助の言ったとおりだ」

御蔵番の組屋敷にいたころ、権助に誘われて釣りに出掛けたことがある。あのころは飼っている軍鶏の数も少なかったし、暇もたっぷりとあった。

藩士とその子弟を教導するのを目的に、藩主から道場を与えられて広い敷地に移ったのは四十一歳の二月である。ほぼ同時にみつを後添えにした。

そのまえに藩の改革で功績をあげたので剣名が一気に高まり、道場開きをするまでに五十名を超える弟子が集まっていた。新弟子が年少組の十三名を含めずに三十名ほど、中断していたので学び直したいという経験者が九名、かつての道場仲間もかなりやって来た。

同時に軍鶏にも本腰を入れるようになった。組屋敷とちがって敷地が広いので、飼育数を一気に増やすことができたのである。

午前は道場で指導し、午後は軍鶏の鶏合わせ（闘鶏）と若鶏の味見（稽古試合）を見てすごす。そのため、釣りに出掛けられなくなってしまった。

だが権助は軍鶏の世話や雑用のあいまに一人で釣りに出掛けたし、夕刻に筌や延縄を仕掛けて、早朝に引きあげに行ったりもしていた。しかし杖がなくては歩けないここ数年は、釣りに行きたくても行けなかったのである。

敷地の庭先から濠の魚を釣ればいいだろうと言ったことがあるが、川や海という水が動いている所で釣るのが本来の釣りで、濠や池での釣りは邪道ですと頑固に拒否した。権助なりの基準があったのだろう。

その権助が亡くなってからというもの、ふしぎと老僕が言ったことが思い出されてならない。源太夫が久し振りに早瀬での流し釣りをしようと思い立ったのも、ふと権助の言ったことを思い出したからである。

朝起きて嗽手水で浄めて裏庭に出ると、亀吉が軍鶏の餌を作っているところであった。餌を与えるときには付いて廻って、個々の軍鶏の体調を見るのが源太夫の日課である。

少し間があるので、前庭に出て大濠を見下ろした。

「笹濁りだ」

園瀬の城下には、大堤の起点部にある水門から花房川の水を引き入れている。濠と堀、そして溝を網の目のように張り巡らして、盆地全体に水を行き渡らせていた。川の水を引き入れているが、水の色は花房川よりわずかに薄い。

大濠の水は笹濁りで、微かに青味と白味が加わった緑色をしていた。

三日まえの大雨で、一昨日は濠の水は赤濁りとなり、昨日にはいくらか薄まってはいたが、それでも褐色をしていた。朝はまだ濃い色だったが、次第に薄まってきたのだ。

そして今朝は笹濁りである。

「釣りが苦手な人でも、名人の気分を楽しめるときがあります」と、権助が言ったことがあった。「大雨のあとで赤く濁った川が、笹濁りになるまで待てばいいのです」

「ササニゴリ」

「笹の葉色をした濁りです」

「なぜだ」

釣りが苦手な人が下手な人、つまり源太夫を指しているのはわかるが、事実なので怒らない。

「赤濁りになると、腹を空かせていても魚は餌を喰えません。流れの緩やかな場所に身を避けて、水の色が次第に薄まるのを待つしかないのです」

「餌が見えぬからだな」

「はい。赤濁りから茶色、それが次第に薄まり笹の葉の色になると、ようやく餌が見分けられます。腹を空かし切った魚は、待ってましたとばかり喰い付くのです。日ごろ慎重なやつでも、空腹には勝てませんから」

「なるほど道理だ」

権助はこうも言った。

「おなじ魚でも季節や時刻でいる場所がちがいますので、それを知らねば釣れません。淵の岩場にいたり、浅い砂地で陽の光を浴びて休んでいたりします。鮠のように群になる魚は、夕刻に流れの急な早瀬に集まって餌を漁るのです。羽虫の類が水面近くを飛び交いますので、水中からひと飛びで捕らえられますし、水に落ちたちいさな虫が流れて来るからでしょうね」

「夕刻に早瀬、か。夕刻というと、いつからいつぐらいまでだ」

「陽が沈む前後の四半刻、せいぜい半刻（約一時間）ですね」

「馬鹿でも釣れるのだから、笹濁りの夕刻に早瀬であれば、軍鶏飼いの道場主にも釣れぬことはないということか」

「お戯れを」

権助はそう言ったが、源太夫には「よくおわかりで」と聞こえたのであった。

ゆえに源太夫は、朝は道場で教え、昼食後の鶏合わせを早めに切りあげると釣竿を担ぎ、魚籠を提げて花房川に向かうことにしたのである。笹濁りの夕刻、花房川で瀬釣りをするために。

「釣りでございますか、お珍しい」

みつが真顔で言った。

「晩飯は魚を鱈腹喰わせてやる。楽しみに待っておれ」

「はいはい、楽しみにしておりますよ」

笑わせたつもりはないのに、みつは口に手を当てた。

餌は現地で調達するつもりで、これも権助に教わったことだ。

早瀬の石をめくると、口から吐き出す粘りのある糸で砂を綴りあわせて、石裏の窪みに巣を作り青虫が潜んでいる。これはトビケラの類の幼虫で、青みを帯びた体色をしているため青虫と呼ばれていた。

五分（一五ミリメートル）前後だが、ちいさければ一匹をそのまま、おおきければ半分にちぎって釣針に掛ける。表皮が丈夫なため餌として長持ちするだけでなく、青い色が緑や薄緑になっても魚は喰い付く。そのため頻繁に餌を付けなくてもすむので、夕刻の瀬釣りには重宝であった。

テッポウ虫もトビケラの幼虫だ。砂や禾本の繊維、微細でごく細い茎などを綴り合わせて筒状の隠れ家を作り、その中に潜んでいる。褐色の頭部と、体の前半の二対の足だけを筒から出して、水底を這って移動するのであった。そして少しでも異変があると、たちまち筒の中に全身を隠してしまうのである。

カゲロウの幼虫はすばしこくて捕まえにくいのと、薄くてやわらかいので釣針に刺してもすぐ千切れてしまい、釣り餌には適さなかった。

蜂の幼虫は味が良いらしく好む魚が多いが、皮膚が薄いのですぐに喰い取られてしまう。それよりも巣を探すのがたいへんだし、刺されることを覚悟しなければ幼虫を集められない。

アザミムシはちいさな甲虫の幼虫で、薊の花の萼の辺りに潜んでいる。魚は好むが、薊は群生していないし蕾が少しずつ時間を置いて花開くので、アザミムシの数を集めること自体が難しい。

小魚も餌となる。

鯰や鰻は柳葉と呼ばれるちいさな泥鰌を、丸呑みにしてしまう。これを生きたまま餌とするのだが、注意しなければならないのは、餌になる小魚の内臓を傷つけてはならないということだ。そのため背中や胴の筋肉に釣針を通す。元気よく動いていないと、喰い付かないからであった。

鰻や鯰は香りの良さからか若鮎を好むが、針を通した鮎は長くは生きていられないのが難点だ。弱って動けなくなれば、ましてや死ねば餌としての価値はたちまち失せてしまうのである。

「それにしても、権助に教えられたことは実に多いな」

思わず声に出してしまった。胸の裡で思ったことを、近ごろは周りに人がいないとついつぶやいてしまう。

「齢のせいというやつか」

思ったままを声に出し、それがおかしくて苦笑したが、それこそ齢のせいにほかならない。そのうち人がいても、思ったことをそのままつぶやくようになるのだろう。

源太夫は浅い瀬を、ゆっくりと岸へと向かって歩いて行く。南国の園瀬でしかも初夏の卯月とは言え、水はまだ冷たかった。

それでも足裏が心地よいのは、先日の雨で赤濁りとなるほど水量が増えたために、水底の石を被っていた藻類が洗い流されたからだろう。そのため少しも滑らず、石肌の感触がそのまま足裏に伝わる。

礫や砂利を踏みながら歩くと、急流が足下のそれらを流し去るので、踵や足裏が沈むように感じた。いや、現に沈んでいるのだろうが、踏み出し続けているので、すっきりと気持よく感じられるのである。

試しに立ち止まると、足下の砂利を急流が流し去るのでかなり早く沈むのがわかった。しかし五分（一五ミリメートル）か、せいぜい一寸（三センチメートル）で、それ以上はさがらない。どうやら川底の表面に、流されやすい薄い層があるらしかった。

「なにがうれしいと申しまして、草履を脱いで裸足になり、夏川を渡るほど楽しいことはございませんね」

権助の言葉が耳に蘇ったが、そのとき源太夫もおなじように裸足になって川を越していたはずなのに、うれしさや心地よさの記憶はない。ところが今、裸足になって水底の石や砂利を踏みながら歩いていると、なんとも気持よく楽しいのである。

権助が言ったのはこれだったのだな、と思う。そのときの自分には、それを楽しむ心の余裕がなかったのかもしれない。

二

「岩倉どのではないか。いかなる風の吹き廻しで」

老いた武士に声を掛けられた。二十間（約三六メートル）ほど上流から、ゆっくりと近付いて来る。道場主が酔狂に釣りなんぞを、と意外に思ったのかもしれない。

手に釣竿を持ち、腰帯には魚籠の紐を通していた。源太夫とおなじように瀬釣りをしながら、次第に下流へと移動して来たのだ。

「今日のような日こそ、絶好の釣り日和だと言われたのを思い出してな」

「今日のような日、であるか」

相手は少し考えて首を傾げたが、源太夫はなにも言わなかった。

老いた武士と言っても源太夫より若く、五十代になったばかりのはずだ。ということは若いつもりでいても、源太夫も立派な老人ということである。ただし肉体的には、遥かに自分のほうが若いと思っていた。しかし本人がそう思うだけで、若い者から見れば二人とも大差のない老人ということだろう。

男は普請奉行の下役の庭方、新庄勇であった。

普請奉行の下には石垣奉行、材木奉行、道奉行などがいて、その最下位が庭方である。藩主御殿の庭の管理が、主な役目であったはずだ。

小柄で扁平な顔をした男である。

「絶好の釣り日和だと言われた、となると、酒と釣りに目がないと噂の高い下男の」

まさかそんな噂が立っているとは、源太夫は思いもしなかった。

「権助に言われてな」

「権助と申したか。名前があったのだな、あの呑兵衛にも」

なんたる口の利きようだとの思いを押し殺し、源太夫は極力平板に言った。

「つい先だって亡くなった」

新庄は悔やみを述べぬばかりか、まるで関心を示さない。かれにとっては、下男、下僕などは人でないということだろう。

「それがしも引き揚げるといたそう。まあ、のんびりと語りながら帰るとするか」

そう言うと新庄は竿に釣糸を捲き付けた。魚籠を引きあげたが、源太夫の倍以上の釣果である。

新庄は帯の背中に挟んでいた草履を抜いて、地面に投げると突っ掛けた。

これから堤防まで歩き、さらに長々と同道するのかと思うとうんざりする。といって町中であればともかく、少々用があるのでと言う訳にもいかない。

「みどもは下駄でな、上流の岸に置いてあるゆえ」

どうか気にせず先にお帰りを、と言外に含ませた。

ゆっくりと岸を歩き、下駄を履いた源太夫が下流を見ると、新庄はおなじ場所に突っ立って待っていた。

話のできるいい機会だと思いでもしなければ、最初から声を掛けたりはしないだろう。釣り好きの多くは独りを好むので、せいぜい会釈するくらいで通りすぎるものだ。

仕方なく並んで下流に向かう。

前方には流れ橋が架けられていた。太平の世になったとはいえ、かつての防備の名残りで園瀬の里から外部への橋は二本だけであった。街道から大堤への高橋と、花房川が盆地を取り囲んだ下流にある隣藩への橋の二箇所である。ともに番所に番人が詰めていて、手続きをしなければ出入りができない。

あとの三本はすべて流れ橋で、二列の杭を打ちこんで角材で繋ぎ、長さが一間（約一・八メートル）で幅が二尺（約六〇センチメートル）の厚板を渡してある。板は棕櫚縄で連結し、その端を岸の大木や岩に結び付けてあった。大水になると繋がったまま浮いて流れるので、水が退けば縄を引き寄せて架け直すのである。

靄が出始めたこともあり、下流にある橋桁と流れ橋は墨絵のように浮き出て見えた。そちらへと歩いて行くと、足の下で石や砂利の擦れあう単純な音がする。石ばかりの河原は下駄では歩きにくい。

　水鳥の群が啼き交わしながら、塒のある森を目指して飛んで行く。

「長崎に遊学されておる龍彦どのは、息災にやっておられるかな」

「おそらく」

「おそらくとは頼りない。書簡が届くであろう。藩から飛脚便が出ておるはずだが」

　国許の家族が衣類や保存の利く食べ物などを送り、遊学生は藩庁に毎月、勉学の進捗報告を提出しなければならない。そのための飛脚が月に一度の割で往復していた。

　家族は遊学生に、遊学生は家族や友人、知人への書簡を飛脚便に託すのである。

「筆不精なのか、学ぶことが多くて暇が取れぬからか、ごく簡単に書かれたものしか届かぬ。困ったことがあれば、なにか言って来るだろうと思うしかない。便りがないのが良い便りと言うが、それに近いと言ってよろしかろう」

まるで弁解のようになってしまったので、心の裡で舌打ちをした。

なにかと訊かれるのが煩わしいので新庄にはそう言ったが、龍彦は筆まめであった。学びの進み具合や学んだ内容だけでなく、短くはあっても源太夫やみつ、幸司に花、さらには下男の亀吉にまでなにかと書いて寄越した。

異国に一人でいるだけに権助の死は堪えたようだが、勉学に励むことがなによりの供養になるでしょうと、殊勝なことが書かれていた。権助を「あの呑兵衛」としか見ていない新庄に、とてもではないが、龍彦のことを語る気にはなれなかったのである。

新庄が黙ったままなのは意外だったが、なにかと問い掛けられるよりは気が楽であった。

流れ橋の所で左に折れて大堤へ、石塊だらけの道を行く。

前方には何層かになった河岸段丘があるが、段丘の所々が遠くのほうまでぼーッと白く霞んでいた。卯月になったので、花茨が一面に咲き乱れているのである。微かにではあるが、薔薇の類に特有の甘い香りがした。

河原が終わって、その辺りから路面が踏み固めた土に替わったので、下駄で歩くのが楽になった。

「幸司どのが御家老のご子息鶴松さまのご学友となられたそうで、まことにおめでたい」

源太夫が長崎にいる龍彦について語ろうとしないので、新庄は幸司に矛先を変えた。

「ご学友とは言っても剣術のお相手だけだそうだ。鶴松さまは相当な腕をお持ちとのことだが、ご学友がそれほどでもないらしいのでな」

源太夫が歩みを止めたので、新庄は訝し気に顔を見あげた。前方右手の叢がわずかに動いたのである。

源太夫が前方を凝視しているので、新庄もそちらに目を向けた。同時に右手から左手の叢に、褐色をした獣が駆け抜けた。というより凄まじい勢いで道を跳び越えたので、新庄は思わずのけぞった。

「い、犬であろうか」と言った新庄の声は、心なしか上擦っていた。「野犬が多いと聞いてはいたが」

「いや、狐だろう。犬は群れるが、狐は単独か、親仔などせいぜい数匹で動く」

これも権助に教えられたことであった。

「狐狸は人を化かすというが」

「ああ。そのつもりでいたのに、二人なので化かすのは一先ず止めにしたのかもしれん。これからは、黄昏どきに一人で出歩かぬがよかろう。狐狸の類は、臆病な者を見抜くそうだからな」

軽くからかっただけだが、新庄はしきりと道の前方左右だけでなく、時折うしろを振り返りもした。かなり臆病であるらしい。

起伏の続く道が終わり、斜めに緩い坂を上って行く。

大堤の斜面の随所に笹が繁っているのは、土手の補強のためであろうか。真竹や孟宗竹の群落も見られる。どちらも密に根を張るため、護岸のために植えられたようだ。

斜めに土手道に出る緩い坂なのに、その半ばで早くも新庄は喘ぎ始めた。釣りすぎて魚籠が重いからではあるまい。日々弟子に稽古を付け、自らも鍛錬を欠かさぬ源太夫に較べ、庭方の新庄は碌に体を動かすこともないからだろうか。

話し掛けられると無視する訳にいかないが、息を切らしているあいだはその心配はなさそうだ。

ようやくのことで堤防の上に出た新庄がおおきく溜息を吐いたのは、もうそれ以上苦しい思いをしなくていいと安堵したからだろう。

源太夫も溜息を吐いたが、視野一杯に拡がった夕暮れの迫る園瀬の里の美しさに、心を打たれたせいであった。

ほとんどの色は失われ、ほぼ濃淡のある灰一色となっている。まるで一幅の山水画のようであった。

天守閣を要として扇状に拡がる城郭と武家屋敷、さらにその下に配された町家や下級武士の組屋敷。城山の東には寺町の大伽藍がぼんやりと見えた。さらに東の方に目を遣れば、広大な田畑の処々に百姓家の集落が点在している。

そして今、灰色に溶けこんだ城下のあちこちから、細く白い煙が立ち上っていた。夕餉のための煮炊きの煙だろう。林立する煙は、ある程度の高さで横に棚引いている。

源太夫は魚籠に目を落とした。もう暗くなって鮠の姿はわからないが、時折水が揺れるのでまだ生きているようだ。

釣りをしているときには魚籠の底は水中にあったので常に新鮮であったが、水が乏しくては、家に帰り着くまで鮠は生きていられぬかもしれない。いずれにせよ夕食には間にあわないだろう。

すでに食事の支度は終わり、家族が源太夫の帰るのを待っているはずである。

源太夫が平地への緩い坂道を下り始めると、新庄が付いて来ようとする。

「この坂をおりてとなると遠廻りになろう」

源太夫の屋敷はかなり西寄りにあるが、新庄の屋敷はずっと東、常夜灯の辻の東北にあった。

「なに、大差ない。それに旅は道連れと申すではないか」

なにが旅なものかと思うが、そう言われてはしかたがない。

ほんの一町（約一〇九メートル）も行かぬうちに、新庄が話し掛けてきた。

「なんとも羨ましいかぎりだ」

なにが言いたいのか不明だが、源太夫はべつに問いたいとも思わなかった。どうせ愚痴か、それに類したことを漏らすのがわかっているからだ。

遊山の日もそうであった。

初代藩主九頭目至隆が園瀬入りしたのは、如月の十八日、桜が満開のころであった。午時であったが、至隆は城に向かわずに、主だった家臣を引き連れて前山に登り、城下造りの縄張りの想を練ったとされている。

のちに藩祖お国入りの如月十八日は、遊山の日と定められた。

非番の藩士は家族を連れ、当番の者は家族だけが前山に登りひと時をすごす。

いつしか見合いの日となっていた。密かに顔合わせがあり、何組もの婚儀が成立するようになったのである。

今年の遊山の日、源太夫は長崎遊学直前の龍彦を連れて挨拶廻りをした。そのとき新庄家の席にも寄ったが、すでに顔を赤くした当主の勇に、龍彦の遊学をくどくどと羨ましがられたのである。

「わが家は数だけはそろうておるが、四人おっても女ではな」

妻や娘たちがいる場で、無神経にも新庄はそう切り出した。

「その点、そちらは安泰。なにしろ兄は役方（文官）として将来を嘱望され、弟は最近めきめきと腕をあげておるとのこと。安心して道場を任せられるし、番方（武官）としても頭となるであろうと目されておるでな。いかがであろうか岩倉うじ、わが娘との縁組を真剣に考えていただきたいものだが」

長女の婿に龍彦を、あるいは幸司の嫁に下の娘をとの、露骨な申し出であった。ふた組となればめでたさが重なる、と調子の良いことを言ったのである。なにかあれば、酔っておったのでと逃げるにちがいない。

龍彦の遊学は二年になるか三年に及ぶか定かでないし、ぶじに終えられるかどうかもわからない。それに幸司はまだ十四歳なので、この先どうなるかまったく見当もつかなかった。とてもそのようなことを考える余裕は、と逃げておいたのである。

新庄が瀬釣りをしている源太夫に気付いて話し掛けて来たのは、おそらくその話を蒸し返すつもりだろう。

「文武両道というが、それを地で行くのだからな」

なにが言いたいのだと、源太夫は思わず新庄を見た。いや、見下ろした。苛立ちが次第に募ってくる。そうでなくても、ちいさな歩幅でちょこまかと歩く新庄に、あわせねばならないのだ。

源太夫が自分の歩調で歩けば、新庄はかなりの早足、いや小走りにならねばならぬだろう。この手の男に厭な思いをさせると、恨みを抱くにちがいない。場合によっては、あることないことを言いふらしかねなかった。

「兄の龍彦どのは、役方の出世を約束されたに等しい長崎遊学。藩士の子弟中、文における筆頭。一頭地を抜く存在に躍り出た。片や弟の幸司どのは、次席家老のご子息鶴松さまの剣の指南役。でありながら当年とって十四歳は、末恐ろしき存在。こちらは武の筆頭であるな。兄弟で園瀬の里の文武両道を占めるのだから、親としては笑いが止まらんであろう。いくらかお裾分けを願いたいものだ」

「ほどほどになされよ、新庄どの。それに、それを文武両道とは言わぬであろう」

「いや、兄弟が両輪となって、岩倉家という車を前進させるのだ。それを文武両道と言わず、なんとする」

「武士が一個人として文と武を兼ね備えて、はじめて文武両道と称される。龍彦も幸司もまだ、海のものとも山のものとも知れぬ若輩者だ。しかも文と武の緒に就いたばかりの雛で、なにが両道なものか。戯れがすぎますぞ、新庄どの」

「それだけ多くの者が、期待しておるとのことなのだがな。なによりもそれがしは、いささかも大袈裟だとは思うておらぬのだ」

「ありがたく拝聴致したが、今語られたことは胸に仕舞っていただこう」

「どういうことであるか」

「三十年後、いや二十年後、十年後でもいいが、そのときに、今日語られたことを思い出していただきたい」

「なにが言いたいのだ」

「そのときになれば結果が出ておるか、でなくともおおよその判断は付くと思うでな」

「わしの判断が、まちごうておると言いたいか」

「とんでもない。ただ、いささか買い被りすぎなので、そのときが至れば明らかになるはずだと言いたくなろう」

「ふん」と、新庄は鼻で笑った。「そのときには、わが娘は四人とも売れ残りよ」

「それはありますまい。遊山の日にお見受けしたが、どなたも美しく、しかもしとやかであられた」

「親に似ず」

　そのとおりだと思ったが、口はちがうことを言っていた。

「とんでもない。親がいての子供であろう。ということで、この先どうなるかわからぬ龍彦と幸司のことは、ひとまず忘れていただきたいのだ」

　語りあいながらというか、以後の遣り取りはズレたままとなった。源太夫は途中からは頷くか首を振るか、なにか言っても「ああ」「いや」程度で、考えを述べずに遣りすごしたのである。

　ほどなく明神橋を渡る。

　その次の四つ角の右手が厩町で、左手が源太夫の屋敷がある堀江丁となっている。園瀬の城下は一部混在した箇所はあるものの、基本的に町家が「町」、武家地が「丁」と区別しているのでわかりやすい。できればお邪魔したいと言いかねなかったので、源太夫は安堵した。

源太夫は西へ新庄は東に別れた。

三

裏口を開けるなりみつが突っ立っていたので、源太夫は思わず訊いていた。

「いかがいたした」

「武蔵がうれしそうに吠えながら駆けて行きましたので、おもどりになられたと」

みつの声に応えるように武蔵が吠え、先だけ白い茶色の尻尾を振りながら駆け巡る。

みつに魚籠を渡すと、源太夫はすぐ横の壁に釣竿を立て掛けた。みつが魚籠を覗いて驚きの声をあげた。

「あらま、たいへん」

「どうした」

「こんなに大漁だとは」

「鱈腹喰わせてやると言ったのに、わしを信じておらなんだな」

「不機嫌な顔で入ってらしたので、思ったほど釣れなかったのでは、と」

新庄にうんざりしたのが、顔に残っていたようだ。別れるなりきれいさっぱり忘れたつもりでいたが、それは表面でしかなかったらしい。

「不機嫌な顔というやつがあるか。権助のことを考えて、思いに耽っていたためであろう」

言っているところに、幸司に花、そして亀吉とサトもやって来た。

「お帰りなさい」

「父上。こんなにたくさん、全部お一人で釣ったのですか」

魚籠に目を遣った花が目を丸くしている。

「そのような失礼なことを言うものではない」

「ごめんなさい」

「心安くしておる獺が、気の毒がって手伝ってくれたのだ」

みつが笑いを堪えながら言った。

「今から焼くと遅くなりますね。いえ、お腹を空かしていらっしゃるでしょうから、すぐ食べられるよう用意して、おもどりを待っていたものですから」

「白く腹を返しとるけんど、死んで間もないはずじゃ。腸を抜いて塩をしておけば傷まんけん、明日焼いて食べればええんちゃいますか」

亀吉がみつから魚籠を受け取ろうとすると、横からサトが奪うように取った。

「うちがやっとくけん、みなさんは先に食べてください」

「ええよ。わいがやる」

「うちの仕事やけん」

引きあうので水がこぼれた。

「だったら奪いあわないで、二人で仲良くやってちょうだい」と、みつが言った。「少しでも早く片付けて、あなたたちもご飯にしましょう」

「すぐやりますけん、食べててくれますで」

居間にもどってそれぞれが自分の箱膳のまえに坐ったが、味噌汁を温め直すため竈に枯れ枝を入れたみつは、自分の席に坐ってもお櫃の蓋を取ろうとしない。

奉公人の扱いについてはわかっていても、源太夫もみつもほかの家ほどの区別はしなかった。食事もおなじ部屋ではないが、顔の見える板間で食べるようにしていた。

　幸司と花は、膝に手を突いて行儀よく待っている。

「みんなは、空の魚籠を提げてもどると思うておっただろうが、父を見直したのではないのか」

「だれもそんなことを思う訳がないではありませんか」と、みつが澄まし顔で言った。「それに、思っても口にはしませんよ」

「ひどいことを言う」と源太夫は苦笑してから幸司に言った。「おまえも釣りをやってみないか」

「おもしろいですか」

「おもしろいからやるのではない。釣りもやってみると剣とおなじだと、しみじみ思い知らされた」

　剣という言葉に、幸司の顔が一気に引き締まった。

「特に今日は流し釣りだったのでな。息だ。呼吸だ。一瞬の間をまちがえると、餌を取られて逃げられる。魚も命懸けだから、真剣勝負とならざるを得ない」

　幸司の微笑みは、いくらなんでも大袈裟なとの意味だろうか。

「間はそのまま剣に通じる」

「鶏合わせにもですか」

幸司に問われて源太夫は透かさず答えた。

「そうだ。道場の拭き掃除にもだ」

ねらいどおり効き目はあったらしく、幸司が身を乗り出した。

「教えてください、わたしにも」

「よかろう。折を見て、権助直伝の技を仕込んでやる」

「先に食べとってくれたらよかったのに」

手を拭きながら亀吉が、続いてサトが板の間にもどった。サトが申し訳なさそうに頭をさげた。

「すまんことで」

「サトや、温まっているはずだから、おみおつけをよそってちょうだい」

お櫃の蓋を取りながらみつが言った。

「はい。奥さま」

みつはそれぞれの箱膳から飯碗を取ってご飯をよそい、次々と渡して行く。家族の分が終わると亀吉に、自分とサトの飯碗を取るように言った。

「自分でやりますけん」

「こんなことで遠慮はしなくていいの」

そこへサトが汁椀を盆にのせて運び、源太夫から順に、それぞれの箱膳に置いてゆく。

「いただきます」と言って食べ始めたが、食事中は喋ってはならないと、子供のころから躾けられている。ご飯のおかわりも黙って飯碗を差し出す。「ご馳走さま」の声がするころには、早めに食べ終わったサトが茶を淹れていた。

亀吉は道場の下男部屋にさがり、サトが箱膳を片付けて食器を洗う。

「御中老さまのお使いが見えました。釣りに出掛けましたと申しますと、時刻は遅くなってもかまわぬので、屋敷へおいでいただきたいとのことです」

「用件には触れなんだか」

「はい」

急用ではないのだろう。もっとも緊急であれば、下僕なり若党が河原に駆け付けるはずである。道場主であっても藩の禄を食んでいる関係で、道場にいないとき、源太夫は常に所在を明らかにしておかねばならなかった。

「茶を喫したら出掛けるので、用意をしてくれ」

「畏まりました」

岩倉家で名前を言わずに御中老と呼べば、源太夫が藩校「千秋館」でともに学び、日向(ひゅうが)道場で相弟子(あいでし)だった芦原讃岐(あしはらさぬき)のことであった。

中老の呼び出しとなると、長崎に遊学中の龍彦のことだろうか。しかし、問題が起きたのであればすぐ呼び付けるはずで、時刻は遅くなっても屋敷へということはないだろう。

魚の臭いは付いていないだろうが念のために手を洗い直し、着替えて袴(はかま)を穿(は)くと、背後から羽織(はおり)を着せ掛けながらみつが訊いた。

「龍彦のことでしょうか」

やはり思いはそこに行くのだろう。

「であれば、用件だけでも使いの者が告げるはずだ」

「そうですね」

門まで武蔵が尻尾を振りながら従う。

「人に呼ばれたので、帰りは遅くなるかもしれん。付いて来なくていいぞ」

武蔵は前脚を立ててそろえたままだが、後ろ脚を落とすように坐りこんだ。

「龍彦兄さんがどのように仕込んだのかわかりませんが、武蔵は人の言うことがわかるようです」

幸司がそう話したことがあるし、弟子のだれかも「この犬は人の言葉がわかるらしい」と言っていた。まさか言われた内容をすっかり理解している訳ではないだろうが、どのようなことを言われたかくらいは、わかっているようだ。

権助が生きていたなら、「当たりまえでしょう。おなじ生き物なんですから」と言いそうである。

六ツ半（七時）なのですでに暗いが、源太夫は提灯を持たなかった。かつて梟の目を持つ武尾福太郎と対決して以来、暗がりでも不自由しないよう、僧恵山になった圭二郎が名付けた梟猫稽古を続けていたからだ。

それらしく言ってはいるが、暗くても見ることのできる梟や猫のような目を持つための訓練、との意味である。

門を出ると調練の広場に沿って西に道を取り、濠に架けられた橋を渡った。目指すは西の丸だ。

源太夫は苦笑した。

なぜなら、なにかにつけて権助が思い出されるし、能面の翁のような笑顔が目に浮かぶからであった。権助があぁ言ったこう言った、生きていたらこうするにちがいない、そういえばこんなことを教えられた、という具合に。

なぜか生きているときよりも、ずっと身近に感じられるのがふしぎであった。

四

芦原讃岐の屋敷は西の丸に近い。

家士に案内されて書院で待っていると、讃岐はすぐに姿を見せた。それだけではない。背後に酒肴を載せた盆を捧げ持つ家士が続き、讃岐が座を占めるなり、二人のまえに銚子や盃、何種類かの肴の皿と鉢を並べた。

どうやら龍彦の件ではなさそうであった。そういえば讃岐とは権助の葬儀以来になるが、当日は弔問客が次々と来てくれたので、満足に話すことができなかったのである。久し振りに二人だけで飲もうではないか、ということのようだ。

「まずは咽喉を湿すとしよう」

讃岐が盃を満たしたので軽く口に含むと、源太夫は葬儀への会葬の礼を述べた。

「生きておるときはそうでもないが、死なれると寂しいものであろう」

「なにかにつけて思い出してな」

「声が聞こえ、笑顔が目に浮かぶ。むりもない。新八郎が生まれたときからの下男だからな」

源太夫の道場時代の名前が出た。

「親父の下男が、そのままおれの下男になったのだ」

「寝小便を垂れていたころから、傍にいたということだな」

「弥一郎、道場のあるじに対してそれはなかろう」

やはり道場時代の名で呼ぶ。カラカラと笑ってから、讃岐は真顔になった。

「その道場だが、どのような道場かはわかっておろうな」

これが呼び付けた理由だなと思うと、身構えるという訳ではないが、慎重にならざるを得ない。言葉を選びながら、讃岐の問いに答えた。

「藩士およびその子弟を教導するのを目的に、御前さまに任された道場である。剣術だけでなく、武士としての心構えに重きを置くことを主眼とすべし、つまり文武に秀でた藩士を育てるようにと仰せ付かった。取り敢えず道場主の名を冠して岩倉道場と称しているが、あるじが変われば当然名称も変わる」

「簡にして要を得た模範的な回答であるな。さすが御前さまが道場を託しただけの男だ。すでに実績を挙げ、柏崎数馬や東野弥一郎をはじめ文武に秀でた藩士を輩出しておる」

「それは、もともと本人が持ちあわせた能力であろう」

「謙遜せずともよい」と笑ってから、讃岐は念を押すように言った。「道場名のことがでたが、ということは世襲ではない」

「当然、そうなる」

「わかっておればよい」

そう言ったきり讃岐はなにも言わず、酒を飲み干すと手酌で注いだ。

幸司が岩倉道場を継ぐことを強く意識し、源太夫もそれを望んでいるここに来て、なんとも皮肉と言うしかない。もちろん源太夫は、一度じっくりと幸司と話すつもりでいたし、当然だが世襲でないことを告げるつもりであった。

中老の芦原讃岐がその話を持ち出したとなると、おそらく重職のだれかから話があったということだ。幸司あるいは源太夫の振る舞いからなにかを感じた者がいて、横槍を入れたというほどではないとしても、牽制したのであろう。

となると早めに幸司と話さなくてはならない、と源太夫は思った。せっかく次の道場主になろうと心を固めたのに、かならず継げるとはかぎらないと言われたら、相当な衝撃を受けるに決まっている。

もっともそれで立ち直れないようであれば、とても道場主として人を指導することはできないはずだ。本人がどこまでそれを受け止めることができるかに、すべてが掛かっているということだろう。

しかし注意深く進めなければ、取り返しの付かぬことになりかねなかった。

「幸司が、鶴松さまのご学友に選ばれたそうだが」

話が飛んだので意外な思いがしたが、あるいは道場が世襲でない件と関係があるのかもしれない。そう思うと、讃岐はどことなく普段とちがって感じられるのであった。

藩校と道場以来の親友であり、明け透けに話しあってきた仲である。ところが今日にかぎれば奥歯に物が挟まったような話し方と進め方で、なぜかしっくりこない。これまでと微妙にちがって、違和感すら覚えていた。

鶴松は次席家老九頭目一亀の継嗣で、幸司は少しまえから剣術の相手として、五日に一度、二刻（約四時間）ばかり家老家の道場に出向いていた。鶴松の学友は剣がまるでだめなので、互角か少し上の者を探しに岩倉道場に来た一亀が、弟子たちの稽古試合を見て幸司を指名したのである。

幸司はなにも言わないが、鶴松、あるいは学友とのあいだに悶着を起こしたのかもしれなかった。

「剣のお相手をするだけだとのことだが、幸司になにかあったのか。問題を起こしたとか起こしそうだとか」

「それらしきことを、幸司から聞いておるのか」

「いや、なにも。それだけに気懸かりでな。弥一郎はなにか知っていそうだが。耳に挟んだ、よからぬ噂でもあるというのか」

「なぜ、そう思う。学友になった話をしただけなのに、幸司が問題を起こしたのかと新八郎が訊くものだから、本人からなにか訊いておるのかと思ってしまうではないか」

　言われてみれば、讃岐の言うのももっともであった。道場や世襲の話が出たので、いささか神経質になりすぎていたのかもしれない。

「五日に一度、屋敷内の道場に出向いて竹刀を交えておるそうだ。それに関してはなにも言わぬので、特に問題はないだろうと思っておったのだが」

「甘いな」

「甘いか」

「甘い。甘すぎる。当然、なにかを感じておると思っておったが」

「ちょっと待て、そういう意味ありげな言い方で焦らさないでくれ」

「たれかある」

源太夫が身をのけぞらせるほどの大声を、讃岐が発したのである。畳を擦る足音がして、襖の向こうで「なんでございましょう」との家士の声がした。

「酒が切れた」

「すぐお持ちいたします」

源太夫の屋敷なら、少しおおきな声で言えばどの部屋にいても聞こえぬことはないが、中老の屋敷はそれだけ広くて部屋数も多いということだ。

緊張が解れたせいか、酔いが急に廻ったような気がした。しかしそうはしていられないのは、もやもやとしたものが頭の中に蟠っているからにちがいない。

「なにが甘いのだ」

「新八郎、酔ったな」

「酔ってはおらん」

「と、酔っ払いはかならずそう言う」

「酔っておらんと言えば、酔っぱらいはかならずそう言う、と決めつけるのだろう」

「まさにそのとおり。とはいえ相手が酔っ払いでは、話すのは後日にしたほうがよさそうだな」

酔うほどは飲んでいないのに、讃岐はおもしろがって焦らしているのである。それがわかっているので、源太夫は気長に待つことにした。

我慢できなかったのは讃岐であった。

「求繫さまが大層ご機嫌でな。幸司に大満足で、さすが木鶏の倅だけのことはあると感心しておったぞ」

求繫は次席家老九頭目一亀の俳名で、讃岐とおなじ句会「九日会」の同人であった。ちなみに讃岐の俳名は哉也である。木鶏がもっとも俳名らしいが、これは一亀が名付けた源太夫の渾名であった。

「幸司が初めて御家老の道場に姿を見せた日、鶴松さまと稽古試合をし、そのあとで語りあったそうだ。それだけで鶴松さまの目の輝きが別人のように変わったらしい。これまでに接したことのない若者に驚いたのだろう、求繫さまはそう言っておられた。五日後、十日後、半月後とようすを見られて、変わりようが本物だと思われたらしい」

学問に関しては、鶴松と学友は藩校「千秋館」で学ぶだけでなく、何人かの学者から直接教えを受けていた。

武芸は一亀の命により、馬場と弓場も併設された西の丸に近い上級藩士用の道場で、鎗と剣の稽古をすることになっていた。ところが屋敷に立派な道場があるので、と取り巻きたちに言い包められて、鶴松は西の丸の道場には行かなくなった。そればかりか屋敷の道場でも怠けて、喋って過ごすようになっていたらしい。

「鶴松さまの変わりようのなにを、どこを本物と思われたと言うのだ」

「ご学友とは言っても、なんとかいい役に就かせたいとの下心がある親たちが送りこんだ、軟弱者ばかりだ。幸司は腰巾着の取り巻きにちやほやされて、自分を見失っていた鶴松さまの目を覚まさせた、それも会ったその日にだ」

「鶴松さまは日頃から感じておられたが、思うようにならなかった。そこへ異質な幸司が来たので、それを切り換える理由にしたのかもしれない」

「であろうな。だが求繫さまは、幸司が鏡となって鶴松さまの姿を映し出した。鶴松さまはそこに映った自分の姿に愕然となって、目を覚ましたと思っておられる」

「偶然が重なったということだろう」

「それを偶然と思わぬ者がほとんどだし、気付かぬ者すらいる。鶴松さまが鶴松さまなら幸司も幸司ということだ。そこで最初の話にもどる」

「最初の話か」

「道場と世襲の話だ。求繫さまは、幸司なら新八郎の跡を継げるとお考えだ。今すぐではない。十年後、いくらなんでも五年後にはむりだろう」

「世襲はないと言ったばかりだぞ。それを一番ご存じなのは一亀さまのはずだ」

「なにも矛盾はしとらん」

「矛盾そのものではないか」

「岩倉源太夫から、倅の幸司に引き継ぐのではない」

「なに訳のわからぬことを。矛盾の上塗りだぞ。そんなことさえわからぬとは、園瀬随一の切れ者と言われた芦原讃岐も、耄碌したものだ」

「園瀬随一の切れ者などとだれが言った」

「おれだ。おれが言わなきゃだれが言う」

「だろうな」と、讃岐は苦笑した。「話をもどそう。隠居した岩倉源太夫に替わり、新たに岩倉幸司が道場主となる。つまり親から子ではなく、個人から個人へとなる。ゆえに世襲ではなく、なんの矛盾もない」

源太夫は開いた口が塞がらない。日々を交渉で明け暮れている老職などというものは、言葉を手妻のように操るものだとほとほと感心し、同時に呆れてしまったのである。

突然、讃岐の顔が崩れて笑いが溢れ出た。釣られて源太夫も笑った。笑うしかないではないか。まんまと讃岐の話術に嵌められたのである。だが心地よい騙しであった。友であればこそだろう。

「となると幸司はまずいな。道場のあるじらしくない。そうだ、元服させよう。たしか十四歳だったはずだ」

「ああ。元服は来年辺りと考えておったのだが」

「体格がいいので十五、六に見える。よし、この秋にしよう」

「烏帽子親を頼めるか」

「もちろんだ。名前はそれまでに考えておこう。ところで通り名に希望はあるのか」

元服の折の名は烏帽子親の一字をもらい受けることになっているが、これは諱でみだりに呼ぶものではないとされている。そのため日常用いる通称を付けるのであった。

養子の市蔵の烏帽子親も讃岐に頼んで、元服名を付けてもらった。通称は市蔵の父親立川彦蔵の名から立彦にしようと考えたが、あまりにも露骨なので龍彦とした。源太夫もやはり通り名である。

「三太夫と書いてみつだゆうと読ませたかったが、さんだゆうでゆこうと思う」

讃岐はしばらく考えたが、やがて声には出さずに笑い出した。幸司の両親の名、源太夫とみつの名の組みあわせとわかったからだろう。

「どうだ。隠居する気分は」

「隠居ではない」

「跡を譲れば隠居だろうが」

「再隠居だ。すでに一度、隠居しておるからな」

三十九歳の二月、長男修一郎に佐吉が生まれたのを機に、源太夫は家督相続と隠居、そして道場開きを願い出た。相続と隠居は許可されたが、道場開きの許しは出なかった。

藩主九頭目隆頼と腹違いの兄一亀は、藩政を私物化した筆頭家老から、実権を取りもどすために動いており、相手方の刺客に対する切り札として、源太夫を温存しておきたかったからである。

源太夫が道場を持つことができたのは、二年後の四十一歳の二月であった。個人道場で申請したが、屋敷と道場を建てて与えられた。藩士とその子弟の教導が条件であったが、藩政改革に貢献(こうけん)した見返りということだろう。

禄を食(は)むことになったので、源太夫は隠居から現役にもどったのである。

「では再隠居を祝おうではないか」

「当分、先の話だぞ」

「であれば前祝いだ」

老職には勝てない。言葉を自在に操るのだからと思いながら、源太夫は讃岐の酒を受けたのである。

微酔(ほろよい)加減で屋敷にもどったのは五ツ半（九時）をすぎていたが、みつだけでなく幸司も、そして花までが起きて源太夫を待っていた。

「叱(しか)ってくださいな。花が寝ようとしませんの」

「そういう我儘(わがまま)な娘は罰として寝かせない。寝ずに明日の朝まで起きてろ」

「父上がかならず、いい知らせを持ち帰られるはずだからと。花は以前から勘が鋭(するど)いですから、もしかしたらと思いまして」

「だったらすぐに寝ろ」

両親の見え透いた芝居に、花が頰を膨らませて抗議した。

「おっしゃることが滅茶苦茶じゃないですか、父上。だったら話してください。そしたら、花はおとなしく寝ますから」

花の言葉を受けてみつが訊ねた。

「御中老さまから、どのようなお話がありましたの」

源太夫は眉間に皺を寄せて空を睨んだ。

「お芝居だとわかってるんですけどね」と、花がさらに頰を膨らませた。「花の勘にまちがいありませんから」

「そこまで言われたら喋らん訳にいかんが、黙ったままの者に関することだ」

花はチラリと幸司を見た。

「幸司兄さんでしょ。そうだと思っていました」

「悪ふざけはそこまでにしましょう、おまえさま。でないと、子供たちが口を利いてくれなくなりますよ」

源太夫はうなずき、そして言った。

「秋に幸司が元服することになった。御中老が烏帽子親を務めてくださる」

「それはおめでたいことでございませんか」

「花の言ったとおりでしょ。幸司兄さん、おめでとう」

幸司は頭を掻きながら、黙ったままの者を演じ続けている。

「龍彦にも報せてやりましょう。大喜びしますよ。で、名前はなんと」

「烏帽子親の御中老が考えてくださる。では父は話したのだから、遅いので二人はもう休みなさい」

幸司と花は顔を見あわせ、仕方ないかというふうにうなずくと両手を突いた。

「父上お休みなさい、母上お休みなさい」

幸司と花は声をそろえて挨拶すると、寝間にさがった。それを見届けてから、みつが言った。

「もちろん、元服名のことだけではありませんね」

源太夫は道場が世襲でないことを打ち明けた。そして顔を曇らせたみつに、次席家老の九頭目一亀が幸司を次の道場主と考えていることを話した。藩主の腹違いの兄が言うのだからまちがいないだろうが、不確定な部分が多いので、本人や花には伏せておくようにと釘を刺しておいた。

しかし幸司の通り名が三太夫となることは、黙っていたのである。

五

権助がよき軍鶏飼いの師匠であり、亀吉がその教えを吸収できた優秀な弟子であることは、毎朝の投餌に付いて廻るだけで十分すぎるほどわかった。

軍鶏の餌の基本は米糠だが、岩倉道場ではそれを無料で得られることになっている。

上意討ちで倒した相手の息子が孤児になったので養子にしたのを知った搗米屋の親父が、源太夫の俠気に惚れたのである。糠だけでなく屑米までも、取りに行くのを条件にくれることになった。かつては権助が、そして今は亀吉が叺を積んだ大八車を牽いてもらいに行く。

軍鶏の餌は、米糠に刻んだ青菜などを加えて水で練ればいい、という単純なものではない。一羽一羽に、その折々に一番必要な餌を与えねばならないのである。

権助はいい師匠であったと源太夫は思う。基本は教えたが、あとは軍鶏の了見になって考えろ、と突き放したのだ。

生死を懸けて死力を尽くした軍鶏、絶えずちがう持ち味の相手と稽古試合をする若軍鶏、これから種付けに臨む雄鶏と雌鶏、番が終わって産卵を待つ雌鶏、夏から秋に掛けての換羽期の軍鶏、それらによって与える餌は微妙にちがっていた。

わずかな差が結果として現れるので、いい軍鶏を得るためには手が抜けない。生きたままの蜆貝、田螺、蜷などを金鎚で叩き潰したものを練った糠と青菜に混ぜて与えるのは、産卵を控えた雌鶏や番わせる雄雌、換羽期の軍鶏たちである。卵に栄養が行き渡らないと、しっかりした骨格や柔軟な筋肉を持った雛が生まれない。また生え換わりにも、貝類を多く与えなければ脆くて抜けやすい翼や羽毛になる。軍鶏の美しさを際立たせる、首を被う細くて長い蓑毛に十分な金属光沢がでないのだ。

番わせるまえの雄雌や、その後の雌鶏には貝の粉末だけでなく、泥鰌や小魚のぶつ切りとかイナゴやバッタを与えたほうがいい。

鶏合わせや味見で激しく体を動かした軍鶏や若鶏は、筋肉の疲れを取り除くことを優先すべきであった。魚のぶつ切りだけでなく、大豆、小豆、蚕豆や屑米を加える。豆類は乾燥したものを砕いて与えてもいいが、生は消化が早いので疲労回復には効果的だ。砕いた貝よりも即効力を優先させるべきであった。

源太夫には細かなことまではわからないが、亀吉は権助から基本を学び、それに自分なりの考えを加味している。むしろ師匠のときよりも、緻密であったかもしれない。

権助は一律に作った餌を、軍鶏によって量を変えて与えていた。その後から、それぞれの軍鶏の餌箱に潰した貝、ぶつ切りの小魚、昆虫や蚯蚓、豆や屑米などの穀類を加えていたのである。

ところが亀吉は三つ、場合によっては四つの小桶を用意し、それに必要な物を最初から練りこんでいた。どちらのやり方がいいかはわからない。結果が出るとしてもかなりの期間が掛かるだろうし、明確な結果は出ないかもしれなかった。

軍鶏は激しく頸を振りながら餌を啄むので、餌箱を深くしてある。それでも箱の外に飛び散るので、雀や鳩が集まってそれを拾い喰いするのであった。

その餌箱に練り餌を落として行く亀吉に付いて廻りながら、源太夫は個々の軍鶏についてあれこれと訊くことがある。亀吉は打てば響くように答えるし、ときとして源太夫の言ったことを訂正することさえあった。

「甲が七日まえに闘った乙が」

「旦那さま、ほれやったら丙ですわ。一本は保つと見とりましたけんど、保ちませなんだです」

という具合であった。

一本というのは線香が燃え尽きる時間である。勝負は決着が着くまでやらせることもあるが、通常は時間制限制が多い。甲乙で甲が強いと判断した場合、線香一本、二本、あるいは半分というふうに決める。

勝負開始と同時に線香に火を点け、決めた本数が燃え尽きるまでに倒せれば甲の勝ち、それまで保ち堪えれば乙の勝ちとなる。

闘うのが軍鶏ではあっても、こと勝負なので、源太夫はその経過や勝敗を頭に刻みこんでいた。とはいえ、憶えちがいや勘ちがいがないとはいえない。ところが亀吉は、日々世話をしながら、勝敗のことまで細かく記憶していた。

ゆえに今では信頼して任せきっている。

芦原讃岐の屋敷に呼ばれた翌朝も、源太夫は亀吉の餌やりに付いて廻りながらあれこれと訊いた。

ある若軍鶏のまえで亀吉がこう言った。

「こいつの元気になるんが早いんには驚かされたけんど、そういえばこの雄の雛は雌が変わっても、どれも元気になるんが早い。やはり元にもどるんが早い雛を出す雌が、碁石に一羽おります。この雄と碁石を掛けたら、ええ雛ができるんちゃいますか。疲れが取れるんが早いと、勝負が長引くほど有利になるはずやけん」

「道理だ。今度番わせるとしよう」

なお碁石とは、白黒の羽毛が混じった羽根色の軍鶏である。

死闘を続ければともに困憊するが、少しでも回復が早ければ有利に、長引けば圧倒的に有利になるはずだ。もちろん闘いの技や、闘いの進め方の巧拙にもよるが、回復の早さもおおきな要因になる。試す必要はあるだろう。

もっともだと思えば直ちに取り入れる。これまでも、そうしていい結果を得られたことが何度もあったのだ。

亀吉の餌やりに付いて廻るのを終えた源太夫と、道場の拭き掃除を終えた幸司が、ほぼ同時に母屋にもどった。

すぐに食事が始まったが、全員の皿に源太夫が前日釣った鮠が五尾ずつ載せられていた。一尾余ったらしく、幸司の皿のみ六尾となっている。焼いたままでは川魚特有の生臭さが出るので、サトが酢醤油を添えていた。

食べ終わって茶を飲みながら、源太夫が幸司に言った。

「久し振りに稽古を付けてやろう」

「ありがとうございます。よろしくお願い致します」

剣術に関しては、親子がたちまち師弟に変わる。

源太夫はひと汗流してから幸司に、道場が世襲でないことを話すつもりであった。

控室で稽古着に着替えた源太夫と幸司が道場に出たのは、六ツ半（七時）を少しすぎたころである。すでに素振りなどを始めていた弟子たちが挨拶したので返すと、神棚を拝してから幸司は道場訓を唱えた。

弟子たちが緊張するのがわかったが、なぜなら源太夫が稽古着を着用していたからである。

普段は小袖に袴姿で見所（けんじょ）に坐り、竹刀を取って稽古を付ける場合でも、稽古着に着替えずそのまま指導する。防具は着けていないが、稽古着だということはだれかとたっぷり、掛かり稽古か地稽古をすることを意味したからだ。

幸司は素振りで体を解（ほぐ）すと、いつものように年少組を指導した。十歳前後の弟子たちが、藩校「千秋館」に通わない日だったからである。

常夜灯の辻で時の鐘が四ツ（十時）を告げたので、幸司は年少組の指導を終えた。控室に下がると、防具の面、籠手、胴を着用し、竹刀を手に道場にもどった。

見所の源太夫のまえに進むと、幸司は深々と頭をさげた。

「お願いいたします」

「うむ」

励んでいた弟子たちが一斉に稽古を中断した。師匠が稽古を付ける相手が幸司だとわかり、いかに闘うか、どれだけ師匠に迫れるかとの期待もあるのだろう、だれもが興奮気味である。

源太夫は壁の竹刀掛けから無造作に一本を選ぶと、何度か振りを入れて道場中央にもどった。

すでに弟子たちは、壁を背に並んで正座していた。

「掛かり稽古で願えますか」

「地稽古でよかろう」

対等に打ちあおうと言うのである。

竹刀を打ちあわせる音や気合声が途絶えたので、道場に武者窓から小鳥の啼き声が雪崩れこんだ。

蹲踞して竹刀を構えると、静かに立って十分な間合いを取った。

裂帛の気合とともに幸司が打ち掛かり、源太夫がそれを捌く。ぎりぎりのところで躱し、決まったと思った打ちこみを撥ね除ける。

幸司は息をも吐かせず攻め続けるが、どうしても決めることができない。打ちこみ、突いて払い、攻めに故意にズレを作り、二段三段と攻め続ける。

攻防というか、一方的な攻めがどれほど続いただろう。幸司が不意に静止した。足を肩幅に開き、正眼に構えたまま微動もしなくなったのである。

源太夫にはその意味がわかっていた。果敢に攻め続ける幸司に対し、源太夫はほとんど動かないで、常に最小の動きで躱し続けた。ときが経っても源太夫はさほど疲れないが、動きの激しい幸司には疲れが蓄積してゆく。

これでは地稽古でなくて、掛かり稽古と変わらぬことに幸司は気付いたのだろう。

掛かり手が一方的に攻めて、上級者である元立ちがひたすら捌くのが掛かり稽古である。それを繰り返すなかで、攻めや守りの呼吸を摑ませるのを目的におこなう。

地稽古でいいだろうと言いながら、源太夫は二人がやっていることが、掛かり稽古と変わらぬことを見せ付けたのだ。四半刻もせぬうちに幸司はそれに気付いたが、とすれば攻め方をいかに変えるか、工夫するかを、源太夫は知りたいと思った。

弟子たちは息を呑んで見詰めている。

めまぐるしく攻め続けていた幸司が、不意に打ち掛かるのをやめたと思うと、二人とも微動もしなくなったのである。

幸司が新たな攻め方で挑むのか、攻めに攻めさせてひたすら躱し続けていた源太夫が、一瞬にして勝負を決めるのか、まるで予想が付かない。

肩を上下させるくらい荒かった幸司の呼吸が、いつしか鎮静化していた。正眼に構えた竹刀がわずかに揺れていたが、それも静止した。

そして幸司がじりじりと間を詰め始めた。トンと道場の板を蹴ると、全身を弾ませて竹刀と腕を水平に伸ばし切り、源太夫の咽喉をねらった。弟子たちは「あッ」と息を呑んだが、竹刀の剣先の先に源太夫の姿はなく、バシッと短く鋭い音がした。

源太夫の竹刀が幸司の胴を捉えていたのである。

「まいりました」

「防具を着ければ動きは鈍る。その差であろう」

「でしたら外します」

「怪我をするぞ」

源太夫が言うよりも早く、幸司は面を外しに掛かり、少し離れた場所に置くと、すぐに胴を、続いて籠手を外して面と胴の横に並べた。

「お願いできますか」

「真剣勝負と変わらぬからな。覚悟はできておるのか」

「できております」

「止せと言っても、聞かぬであろう」

「その血を受け継ぎましたので」

「容赦はせぬぞ」

面、籠手、胴を外した幸司の動きは、それまでより遥かに速く鋭かった。疲れを知らぬ若さもある。

「よし、ここまで」

源太夫がそう言ったのは、常夜灯の辻の時の鐘が九ツ（正午）を告げたときであった。

一刻（約二時間）近い対戦であったが、源太夫の四本に対し、なんと幸司が一本を取ったのである。

道場がざわついているのは、弟子たちが興奮を抑（おさ）えながら声を殺して話し始めたからだ。

十位前後だった幸司がわずかな期間で五位、あるいはそれ以上に腕を上げたと源太夫はたしかな手応えを感じた。それは源太夫の稽古着の脇と背が、汗で色を変えていたことからもわかる。これまでの稽古で、弟子が汗にまみれても、源太夫の稽古着が色を変えるほど、汗を掻いたことはなかったからである。

二人が道場を出て井戸端に向かうと、堰（せき）を切ったように騒ぎが高まった。抑えに抑えていた興奮の箍（たが）が外れたからである。

師匠と弟子は下帯一つになって、道場横の井戸の水で体を浄めた。

源太夫はよく濯（すす）いだ手拭（てぬぐい）で二度、三度と拭けばすんだ。しかし幸司は手拭いで汗を拭くだけでは間にあわないので、釣瓶（つるべ）の水を桶（おけ）に汲（く）んで何度も肩から被らねばならなかったのである。

さっぱりして母屋にもどると、すぐに昼食が供された。

黙々と、嚙み締めながら味わう。ひと嚙みひと嚙みが、そのまま血肉になるとでもいうように。

食べ終わると源太夫が言った。

「表座敷で茶を飲むか」

話があるという意味で、ほとんど命令に近い。

「はい」

好天なので障子を開け放ってあり、遥か南にはなだらかな山並みが続き、そのほぼ中央に正三角形をした前山が、安定した姿で収まっている。

みつが湯呑茶碗と急須を載せた盆を二人のあいだに置き、頭をさげてさがった。

「稽古は裏切らぬであろう」

「はい。その意味が、ようやく実感できました」

濠の向こうの道を、荷馬車を牽いて通る牛の間延びした声が聞こえた。

「先生、お先に失礼します」

「ありがとうございました」

母屋と道場のあいだの庭を、背丈より頭だけ低い生垣が仕切っている。

稽古を終えて体を拭き浄めた弟子たちが、声を掛けて帰って行く。道場では残って稽古を続ける弟子たちの、竹刀を打ちあう音や気合声がしていた。

「いつ、その気になった」

「と申されますと」

「なんとしても次の道場主になりたい、ならねばならぬと思ったであろう」

「思ったからと言って、なれる訳ではありません」

「ん？　どういうことだ」

「道場は世襲ではありませんから」

「知っておったか。知ったために、心を決めたということか」

「それもあります」

「それだけではないのか」

「兄弟子たちにからかわれました。いえ、他愛無いことです。最初は名札を最上段にあげたときでした」

岩倉道場では弟子の名札を壁に掛けてある。右から左へ、上から下への順となっている。半年に一度、源太夫の判断で並べ替えていた。一段でも上へ、一枚でも右へと、弟子たちはそれを励みに稽古に励むのである。

一段が三十五名となっているが、幸司は一年前に十三歳の若さで最上段に名札を掲げた。半年前にはその半ばまで進めている。次回には一桁、それも五位前後になるのではないだろうか。

「いくらか腕をあげて天狗になっておるようだが、師匠の蹴殺しを見ておらんではないかと言われました。佐一郎さんもです」

「見たいか」

「はい。ですが、お考えがあって見せないことにされたのでしょう」

「時代が変わった。強いだけでは、人は導けぬとわかったからだ」

まえの城代家老が商人と結託して藩政を私物化したが、それを藩主家に取りもどしたとき、藩主と腹違いの兄は、二度とそのようなことがあってはならないと痛感した。なぜそうなったかと言うと、武士が本来の武士としての心構えを喪ったからである。

「文武に秀でた藩士を育てることを、御前さまに託されたのだ。世襲制とせなんだのは、慢心してはならぬとの現れであろう。それをいつ知ったのだ」

「上段の半ばまで進めたときでした。やはりからかわれたのです、兄弟子に」

兄弟子ではあるが名札が下位になった者が、悔し紛れに言ったのである。

「励め励め、せいぜい励むことだ。でなきゃ道場主の座を、だれぞに掠め取られるぞ。道場は世襲でないからな」

なんとも厭味なそのからかいで、幸司は心を固めたのである。

「であれば、だれもが納得するだけの腕になってやろうと。ですが一番堪えたのは、いくらか腕をあげて天狗になっておるようだが、と言われたことでした。自分ではそんなつもりはまるでありませんが、人がどのように見てるかわかりませんね」

道場主の息子がなにもそこまでと言われながら、幸司が朝の道場の拭き掃除を欠かさないのも、そのためかもしれなかった。

しかし世襲でないことを知って落胆せず、むしろやる気を起こしたのであれば、特に心配することはなさそうだ。その心を喪いさえしなければ、次席家老の九頭目一亀だけでなく、ほかの藩士も自然と認めるようになるだろう。

一亀が幸司を次の道場主と考えていることを知れば、それを励みとしてさらに努力を重ねることだろう。まさか慢心はすまいが、みつにさえ釘を刺したのだから源太夫から言う訳にはいかない。

「昨日の大漁には訳があってな」

「やはり獺に手伝ってもらったのですか」

前日の花の言葉で咄嗟（とっさ）に冗談を言ったのは、いくらかでも余裕ができたからだろう。

「権助の教えを守ったからだ」

「権助のですか。一体どのような」

「笹濁りの、夕刻に、瀬の流し釣りだ。その三拍子がそろえば、わしでさえ釣れる。あるのだな、そういう好機が。ごくまれにだが」

だから努力を惜（お）しまずに備え、好機を逃がさぬことだ、ということを感じてもらいたかったのである。語ればわかりやすいが、自分で感じなければ心には残らないだろう。

幸司は訳が分からないという顔をしているが、源太夫は説明はせずにべつのことを言った。

「笹濁りは、濁りの色が薄まっただけだと思っておったのだが」

「そうではないのですか」

「薄緑に薄い青と薄い白を混ぜただけなのだが、なんとも言えぬ美しさなのだ。昨日、初めてそれに気付いた」

「今度笹濁りになったら、釣りに誘ってください、ぜひとも」

源太夫はうなずくと、膝を叩いて立ちあがった。

「さて、若鶏の味見だが、楽しみなのが一羽いてな」

孟宗（もうそう）の雨

一

「先生、よろしいでしょうか」

稽古を切りあげて見所の源太夫のもとにやって来た大久保逸実が、片膝突いて控え目に訊いた。

「気懸かりなことがあるようだな。稽古にまるで身が入っとらん。互角の相手に、続けて三本取られたではないか」

見所に坐っていると、個々の弟子を見ていなくても、それぞれの励み方がわかる。まるで各人が濃淡の色分けをされでもしたように、真剣さの度合いが浮かびあがるのだ。気合の入った者と適当に流している者の差が、手に取るようにわかった。

逸実はほとんど無色に見えたほど、熱意が感じられなかった。あまりひどいようだと声を掛けねばと思っていると、本人から言って来たのである。

「佐一郎」と、弟子の名を呼ぶとすぐ傍に来た。「しばらく母屋におるので、稽古を続けさせろ。おまえに任せる」

「はい。わかりました」

源太夫は立ちあがると、逸実をうながして道場を出た。

母屋と道場のあいだの庭では、亀吉が餌を喰い終えた軍鶏を鶏小屋から庭に移していた。唐丸籠を軍鶏に被せ、少し持ちあげて歩ませるのである。頸を覆う、蓑毛と呼ばれる細くて長い羽毛が、陽光を受けて金属光沢を放って美しく輝いた。

軍鶏が胸を張って鷹揚に歩むので、移動させている亀吉が従者のように見えぬこともない。

庭と母屋を区切る生垣を、柴折戸を押して入る。沓脱石から八畳の表座敷にあがった源太夫は、庭に向かって胡坐を搔くと、横に坐るよう逸実を目顔でうながした。

向きあうより並んで坐ったほうが、弟子が気兼ねせず話せるだろうと思ったからだ。

「つかぬことを伺いますが、先生は新八郎というお名前でしたでしょうか」

逸実はたしか十七歳のはずで、若い弟子からその名を聞こうとは源太夫は思いもしなかった。となると考えられることは一つで、身内のだれかから聞いたのだ。

「無逸斎どのは息災におすごしか」

「え、ええ」

源太夫が問われたことに答えず、逆に訊いたからだろう、逸実は歯切れの悪い答え方をした。

「ですが、なぜ祖父だと」

「わしを元服まえの名で呼ぶのは、千秋館で机を並べた者か、日向道場の相弟子くらいなものだ」

逸実の祖父大久保邦右衛門は、源太夫より一歳下の五十四歳である。鑓組の組屋敷住まいで、五十歳前後で家督を息子に譲って隠居し無逸斎を名乗った。書画に造詣が深いとか、狂歌や川柳を嗜んでいるという訳ではない。謡いや琵琶、尺八などにも関心がないのに、なぜに斎号を名乗ったのか奇妙に思えた。

「無逸斎を名乗った謂われは」

あるとき、なにかの拍子にそう訊いたことがあった。返辞は素っ気ないものであった。

「ない」

「いかにも趣味人らしき気取った名ゆえ、なにか意味があると思うてな」

「趣味を楽しむ暇なんぞないし、そんなものには関心が持てん」

「であれば邦右衛門のままでよかろう。なにも改名する必要はあるまい」

「ある」

妙に力んで言い切った。

「齢（とし）を取って頑固（がんこ）になったようだな」

「鎗組の仕事と縁が切れた。わずらわしい世間との関わりがのうなった。邦右衛門という名ともおさらばだ。そういうものと、めでたく一切の縁をなくした。ゆえに無逸斎に変えたのだ。実にすっきりしておる」

話があると逸実が言い、無逸斎は元気かどうか源太夫が問うと、歯切れの悪い答え方をした。九分九厘（くぶくりん）無逸斎についての話と思われるが、どうやら体に関してではないようだ。

となると心に問題があるのだろうが、迂闊（うかつ）に触れる訳にはいかない。しかし源太夫の都合を訊いてきたくらいだから、待っていれば逸実から話すはずである。

みつが声を掛けてから二人に茶を出し、一礼して辞した。幸司（こうじ）は次席家老九頭（くず）

目一亀の屋敷に、鶴松の相手をしに出向いていた。武家で客に茶を出すのは男の役目だが、家士がいないのでみつが出したのである。

二人は湯呑を手にしたが、逸実はひと啜りすると下に置いた。

ややあって逸実が切り出した。

「先生は孟宗の雨をご存じでしょうか。孟宗嵐とも言うそうですが」

「孟宗の雨、か」と、逸実の真意はどこにあるのだろうと思いながら、源太夫は慎重に答えた。「久し振りに聞くが、子供の悪戯遊びだ。中には十代の後半とか二十歳をすぎてもやる、子供っぽい者もいるようだが」

孟宗は五丈（約一五メートル）以上の高さと七寸（約二一センチメートル）ほどの直径で、数ある竹類の中では最大である。八方に枝を張り出すが、それぞれの枝に夥しい葉を有していた。そのため雨が降ると、無数の葉にたっぷりと水を溜めこんだ。

道端に生えた孟宗竹の下を仲間と歩きながら、不意に片足でその幹を力まかせに蹴ると同時に、自分は脱兎のごとく二、三間（三・六から五・四メートル）も先に駆け抜ける。いっしょに歩いていた仲間がずぶ濡れになって悄気返るのを、手を叩いておもしろがる悪戯であった。

引っ掛かった者は口惜しくてならないので、なにも知らない仲間のだれかに孟宗の雨を降らして憂さを晴らす。だれもが一度はびしょ濡れになり、だれかを、場合によっては何人もに孟宗の雨を見舞うのであった。

孟宗竹だからこそ、子供であっても仲間を濡れ鼠にできるのだ。おなじ竹でも、真竹や破竹では土砂降りは望めない。

竹の幹は高さに比して細いだけでなく、空洞になっている。しかも真っ直ぐに伸び、かなり上のほうで枝が拡がって、葉が密であった。そのため子供のひと蹴りで竹全体に衝撃が走り、水が一度に降り注いでびしょ濡れにできる。

まさに孟宗嵐であった。松や杉、樫や桜だと、子供が蹴ったくらいではびくともせず、雫は垂れても降り注ぎはしない。

「祖父が先生に孟宗の雨を降らせたことがあったそうですが、憶えていらっしゃいますか」

「一体いつのことだ」

「日向道場の年少組のころだったと」

「だとすれば、無逸斎どの、いや元服して邦右衛門どのとなられるさらにまえになる。一平太時代だから四十年、いや四十五年も昔の話だぞ」

鉄砲、弓、鎗などのいわゆる徒歩の者の組屋敷は、濠の外側にある。そのため日向道場に通う場合、濠に沿って東に進み、明神橋、あるいは巴橋を渡って右に折れ、さらに東に進む。道は幾通りかあるが、常夜灯の辻に出て北に折れ、少し歩いてから城山の麓を巻くように迂回し、寺町の手前で緩い坂をおりて行く。

「すると日向道場が見えてくると祖父は申しましたが、今の小高根道場でしょうか」

「師匠の日向先生にお子がなかったため、馬廻組頭の三男坊小高根大三郎どのが養子となって継がれたのだ。大三郎どのは、わしが江戸に出たのと入れ替わるように弟子入りした」

「道場に行く途中に、左右から孟宗竹が差し掛かって隧道のようになった箇所があります」

「そこでわしは、一平太に孟宗の雨を浴びせられたというのだな」

「憶えていらっしゃらないですよね」

「あったのだろうな。無逸斎どのが孫の逸実に、嘘を吐くとか作り話をするとは思えん」

「祖父はそのとき先生に、軍鶏侍の片鱗を見たと言っておりました」

「話が飛んだが、どういうことだ」

「咄嗟の思い付きで悪戯をやるにはやったものの、祖父はその直後、ひどく後悔したそうです。先生は仲間内では一番の乱暴な、あ、失礼しました」

「かまわん。昔のことだ。ひどい乱暴者で、剣術でなく喧嘩剣法と言われておったからな。だがそれと軍鶏侍に、どんな関係がある」

「祖父は道場で叩きのめされるはずだと、戦々兢々だったそうですが、なにもされませんでした。ずっとのちになって、それとなく訊いてみると、武士として不覚を取ったのだから恥じるしかない、と先生は申されたそうです。気配を察して、祖父が竹を蹴ると同時に飛び退いていなければならない。油断したご自分に非がおありだと」

「憶えてはおらぬが、心得のある武士ならその手は喰わぬはずだからな。わしはあまりにも未熟であった。だが当然のことで、軍鶏侍には」

「それは、そのあとのことだそうです」

　夜のあいだはしとしとと降り続いたが、雨は朝にはあがっていた。そして道場に到着するころには、すっかり晴れていたのである。

ところが新八郎だけはびしょ濡れであった。頭から厭と言うほど水を被ったのだから、当たりまえであろう。孟宗の雨などという生易しいものでなく、孟宗の嵐に遭ったも同然であった。

「ひどい汗を掻いておるではないか、と師匠はわかっていて皮肉ったそうですね。今日は稽古を免除してやるから、家にもどって着替えたほうがいいのではないか、でないと風邪を引くぞ、と師匠に言われて、先生はこうおっしゃったそうです。あまりにも調子がいいので、来るまえにたっぷりと稽古をして汗を掻きました。絶好調ですのでこのまま続けます、と。祖父はそのとき、こいつは、あ、失礼いたしました。祖父がそう申しましたので。これはとんでもない男になるにちがいない、と思ったそうです。そのとおり、鶏合わせ（闘鶏）を見て秘剣蹴殺しを編み出し、軍鶏侍と呼ばれたばかりか、道場のあるじになったと」

「言われて思い出したが、あのあとしばらくは、師匠に事あるごとに言われたものだ。法螺吹きの弟子もいないではないが、年少組の分際であれほどの大嘘を吐いたのは、あとにも先にも新八郎だけだと」

「四十年も、いえもっとまえの、先生がすっかり忘れられたことさえ、祖父は細々と憶えていながら」

「最近のことを憶えておらんとか、曖昧になってしまうことがあるのだな」

「もしかしたら耄碌が」

「それはなかろう」

源太夫は笑い飛ばしたが、逸実は笑わないどころか深刻な顔のままである。

「無逸斎どのはわしより若いのだぞ、一歳だがな」

「早い人は四十代でも怪しくなるそうです」

「逸実が切実に悩むほど、老い方が早いということか」

「先生が祖父に、最後に会われたのはいつでしたでしょう」

「邦右衛門どのが隠居し、無逸斎を名乗ってほどなくであったが」

「五年まえですね。変わりように驚かれると思います」

「それほどひどいのか」

「隠居してしばらくはなんともありませんでしたが、ここにきて目に見えて。それだけではありません。老い方が、次第に早くなって行くように思えてならないのです。まるで坂道を転がり落ちるように。あれこれ考えたのですが、日々の暮らしにまるっきり変化や、刺激がないからだという気がします」

趣味や楽しみを持っておれば同好の士もいるだろうし、会話が弾むほどではないとしても、なにかと刺激はあるだろう。無逸斎は自分から人を訪ねることをしないし、また訪れる人もいないとのことだ。話すのはせいぜい家族かたまに訪れる親戚の者だが、相鎚(あいづち)を打つくらいで、自分から話し掛けることはまずない。唯一(ゆいいつ)と言っていい例外が逸実であった。それも気紛(きまぐ)れに、十歳前後だったころの孟宗の雨について、やけに詳しく語ったりするのである。そうかと思うと、あれこれと訊(たず)ねても面倒くさそうに答えないことも多いらしい。

逸実はもしかすると源太夫に、無逸斎に会ってほしいと思っているのかもしれなかった。急激に耄碌していく無逸斎が、かつての相弟子に会えば、なんらかの変化があるかもしれない。取り留めもない話をしているうちに、本来の自分を、少なくとも活気を取りもどせるかもしれないと期待していると考えられた。

いや、源太夫にそれ以上を期待しているのかもしれなかった。おおいに驚かせる、あるいは衝撃を与えて、無逸斎の老化に歯止めを掛けることを。できればかつての状態にしてほしいと、願っているのではないだろうか。少なくとも五十四歳の年齢相応に、引きもどしてもらいたいと。

とは言うものの、逸実の望んでいるように運ぶことは期待できそうにない。むしろ逆の結果を招きかねなかった。

無逸斎より一歳年上の源太夫が、若き日とおなじとは言わなくとも、年齢より遥かに若く逞しい体を維持しているのを見ることになるのである。自分と比較せずにいられないだろうし、事実を冷静に受け止められるとは考えにくい。

逸実が稽古を切りあげてまで話さずにいられなかったということは、思い余ってのことにちがいない。普通であれば源太夫が指導を終えたあとで相談するだろうし、じっくりと話したいのであれば、改めて夜間に訪問するはずである。

——権助が生きておれば、知恵を授けてくれたかもしれんが。

しみじみとそう思った。まさに権助は源太夫の知恵袋であったのだ。

「無逸斎どのに会うてみるか」

逸実が表情を明るくしたので、期待がすぎては不首尾な場合の落胆もおおきいだろうからと、気持を冷ますように付け加えた。

「うまく運ぶとは思えぬが、万に一つ、なんらかのきっかけが摑めるやもしれん」

「そうしていただけるとありがたいです。父と母にも話しましたが、どうしようもないと半ば諦めた有様でして。周りに相談できる人がおりませんでしたので、先生にごむりを」

「とすればいかに致す。逸実が付き添ってここに連れて来るか、でなければどこかの寺か神社の境内で、さり気なく会うとするか」

「ただ、祖父が応じますかどうか。わたしが誘い出したことなどありませんので、変に警戒されても」

「であれば小料理屋や飲み屋はどうだ。富田町の『たちばな』、細工町の『ひさご』、要町の『その瀬』などであれば、知りあいと顔をあわせることも少ない。無逸斎どのは飲めたはずだ。たまに軽く一杯と誘えば、さほど不自然ではなかろう」

「小料理屋や飲み屋となりますと、日が暮れてからとなりますね。父や母があまりいい顔をしないのではないかと。それとわたしは十七歳ですので、特別な席でならともかく、飲酒そのものを許してもらえません」

そのくらいはなんとか考えろ、と言いたいところである。

「それでは、こうしよう。近くを通りかかったので、つい昔の道場仲間の顔を見たくなってふらりと訪れたとすれば、それほど不自然ではあるまい。まさか逃げはせんだろう。顔を見たくもない、帰れ、くらいは言われるかもしれんが」

「それはないと思います」

「そう願いたいものだ。わしは道場と軍鶏があるので、七ツ（四時）ごろ伺う。でなければ、夕食の終わった六ツ半（七時）か五ツ（八時）くらいになるだろうな」

「でしたら七ツごろに願えますか。祖父は夕飯がすめば横になって、そのまま寝てしまうこともありますから」

「よし、では二、三日のうちに、七ツごろ伺うとしよう」

無逸斎が寝たとしても、「朋あり遠方より来る、亦悦しからずや」ですよと、むりにでも起こすべきだろう、と口に出掛かったのを抑えこんだ。

四半刻（約三〇分）もせずに、源太夫と逸実は道場にもどった。

逸実は中断まえの相手と稽古の続きを始めたが、相変わらず集中できないようである。それだけ無逸斎のことが気に掛かるのか、でなければ集中力が大幅に欠けているということだろう。

二

「一平太、うーん、ではのうて無逸斎だったな。許せよ。齢のせいか、物忘れがひどうなってしもうた。なんとも情けない」

無逸斎の耳はそれほど遠くなっていないと逸実から聞いてはいたが、源太夫は故意におおきな声を出した。無逸斎よりも、逸実やべつの部屋にいるだろう家族のほうが、驚いたにちがいない。

相談を受けた翌日の七ツに、組屋敷の大久保家を訪れた源太夫は、出てきた逸実に取り次いでもらわなかった。無逸斎の居室を訊いてそのまえで呼び掛け、許しを得ることもなく襖（ふすま）を開けたのである。

逸実が心配そうな顔をしていたが、源太夫は部屋に入ると襖を閉めた。

想像していたよりも遥かに老いた無逸斎が、ジロリと生気のない視線を向けた。頭髪は半白以上に白く、肌艶（はだつや）もよくないが、猫背（ねこぜ）のために余計に老けて見える。

「近くを通りかかったので、久し振りに顔を見たくなったのだ。そんな目で見るなよ、日向道場の相弟子じゃないか、少しはうれしそうな顔をしたらどうだ」

ただ黙って見ている感情の失（う）せた目は、老人というよりも老いた猿（さる）を思い出させた。

そういえば、その猿は無逸斎とまったくおなじ目をしていたのである。

　正月の祝いに、猿に芸をさせてご祝儀をもらう猿曳きが、園瀬の里にも毎年のようにやって来る。

　長崎に遊学している龍彦が十歳になるまえだから、幸司が五、六歳のころだ。

　その猿は芸が達者で、ちょっとした表情や身のこなしで、見る者の爆笑を誘った。

　年明けの道場開きの日ということもあり、岩倉道場には年少組から若手、中年から初老まで、大勢の弟子が集まっていた。見物人が多いので、母屋と道場のあいだの、鶏合わせをさせる庭で猿の芸を楽しんだのである。

　まだ元気だった権助も見物していたが、亀吉が奉公を始めるまえのことだ。

　爆笑と拍手がひっきりなしだったため、みつはいつもの年よりも祝儀を多く包んだはずである。

　芸が終わったので猿曳きは次の家に廻り、弟子たちは道場にもどった。

　軍鶏を入れた唐丸籠を、日当たりのいい場所に移しながら権助が言った。

「どんなに受けて笑いを取っても、哀しそうな顔をしておりましたですね。いえ、てまえではなくて猿ですよ」と権助は、源太夫を笑わせてから続けた。「いくら拍手が多くても、祝儀で温かくなるのは猿曳きの懐で、猿にはなんの得もありませんから。あの猿はかなりの年寄りでしたね」

言われてみると顔には細かな皺が無数に寄っていたが、猿の顔はどれも皺が多いので、皺だけから年齢は推し量れなかった。体毛は背中や頭部は灰色掛かった褐色だが、腹のほうは白っぽかったように思う。

芸達者なその猿は皺が多くて深かったし、体毛は全身が白っぽかった。

「あそこまでの芸は、若い猿にはむりかもしれません」

「と申して、齢を取りすぎると、十分な芸はできんだろう。動きが鈍るし、順をまちがえたり忘れたりするかもしれん」

「体で憶えた芸は、簡単に忘れるものではないと思います。ところで旦那さまは、あの猿は何歳くらいだとお考えですか」

「わからん。見当も付かん。大体、猿は何年くらい生きるものなのだ」

「猿曳きに聞いたことがありますが、野猿の寿命は二十五年くらいだそうです」

「人の半分か」

「餌を十分にやって、のんびりさせて飼いますと三十年は生きると言っておりました。猿曳きの猿は何年くらい生きられると思われますか」

「であれば三十年ぐらいでないのか。芸をするためには、餌も与えられるし、大事にされる」

「十五、六年で、二十年も保てばいいそうです。芸を仕込むのは仔猿のときからですから、何年生きたかはっきりしています」

「敵もいれば、常に餌の心配をしなきゃならん野猿より、ずっと短いのか」

「野猿は群れています。仲間がいるから、安心できるのだと思いますね」

「猿曳きの猿は、餌も敵の心配もいらんのだぞ。それなのに野猿より短命なのはなぜだ」

「多分ですが、仲間がいないからじゃないですかね。猿曳きは何匹か飼ってはいるでしょうが、そいつらは仲間とは言えません。しかも人に命じられて、やりたくもないことをやらされるのです。やらぬと、あるいはできないと、餌をもらえないばかりか、罰せられます。それが死ぬまで続きますからね。もちろん猿はそんなことは知りませんが、来る日も来る日も、ただ芸をやらされては、猿でなくても気が滅入るでしょう」

「権助は猿の気持がわかるようだな」

「人よりも猿に近いのかもしれませんね、てまえは」

「しかしわずかなあいだに、よくそれだけのことが訊けたものだ」

「猿曳きは毎年やって来ますのでね。ちょっとずつ聞いたことがいつの間にか、塵も積もって、となったのでしょう」

権助が物識りなのはそういうことだったのか、と源太夫は納得できたのであった。少しずつ聞いた話を憶えていて、それを寄せ集めるのでまとまった知識となるのだろう。相手からなにかと引き出すのだから、それだけ聞き上手ということでもある。

「とすると、あの猿が哀しそうな眼をしておったのは、心が疲れ切っておったということだな」

「おそらく、身も心も」

翌年もおなじ猿曳きが来たが、連れていたのは芸達者な猿ではなく、ずっと若い猿であった。癇性なやつで、猿曳きに命じられるとキーキーと喚いて逆らうのだが、最終的には不満顔のままに従うことになる。これが毎日続くのだからとても長生きはできまい、と猿が哀れになった。

「去年のおもしろい猿は来てないけれど、どうしたの」

当時は市蔵であった龍彦が訊くと、猿曳きは首を振りながら言った。

「死にましてな。長いあいだ頑張ってくれましたが、寿命だったんでしょう。こいつの芸はまだまだですが、若いんでこれからが楽しみです。おい、挨拶して贔屓になってもらいな」

頭を抑え付けられた若い猿は、牙を剝き出してキーキーと喚いた。

反応を示さない無逸斎の表情に、源太夫はあのときの老いた猿の顔と、権助の言葉を思い出したのだった。

「新八郎だよ。まさか忘れた訳じゃあるまいな、一平太」

プイと横を向いたので無視するつもりだろうと思ったが、無逸斎は不機嫌な横顔を見せたままで言った。

「新八郎なんぞであるものか」

「ということは、新八郎を憶えておるということだな」

「だれが相弟子の名を忘れるものか。おまえは新八郎なんぞではない」

「なぜそう言えるのだ」

「やつは無駄口を一切叩かぬ。話す意味がないと思や、五日でも十日でも口を利かなんだのだ。新八郎の渾名は」

「石、あるいは、壁」

「だれに聞いた」

「聞くもなにも本人だからな。自分がどう呼ばれていたかぐらい知っておる。一平太、よく見て思い出してくれ。おれだよ、新八郎だ」

「やつは意味のないことを、だらだらと喋ったりはせなんだ」

「たしかに日向道場時代のおれは、新八郎は喋らなんだ。御蔵番になっても無口で知られていた。当番の日に番所に詰め、自分の為すべきことをしさえすれば、だれにも文句は言われない。しかし道場のあるじとなると、それではすまされぬ。道場のあるじが、石や壁では弟子は育てられない。教えることができんではないか」

「新八郎なら、日向道場のことを憶えておろう」

「ああ、憶えておるとも。道場に通う道で、一平太に孟宗の雨を降らされたことがあったな」

逸実に聞かされたばかりの、しかも無逸斎が孫に語った話であった。となれば文句を付けられないはずだと、源太夫は自信を持って言ったのである。

「孟宗の雨だと。なんだそりゃ」

思いもしない反応で、しかも惚けているふうでもない。

「日向道場に通うとき、寺町から東に道を取って孟宗の竹林を抜けて行くだろう。あのときおれは一平太に孟宗の雨を浴びせられて、びしょ濡れになったではないか。忘れたとは言わさんぞ」

よもやその話を忘れてはいまいと思ったのである。無逸斎は虚ろな目を源太夫に向けたが、それを見て背筋を冷たいものが走った。表情からすると、とても芝居とは思えなかったからだ。

源太夫は相手の話し振りやその内容、空虚な目に戸惑ったが、その理由は無逸斎の精神の不安定さにある。そのためこれまでの経過から推しての判断が、ほとんど役に立たないと気付いたからであった。

この不安定な精神状態の男が現在の無逸斎、一平太であって、知らぬ振りをしているのでも、惚けているのでもない。あるがままの姿なのだ。

無逸斎が逸実に孟宗の雨の話をしたときには、鮮やかに記憶が蘇っていたはずである。だから嬉々として、楽しかった思い出を孫に話したのだ。ところがわずか数日で、記憶はきれいさっぱり消えていた。

それがどのような状態なのだろうと考えても、わかる訳がない。

あるいは陽光が厚い雲に遮られて、地上に影ができるようなものだろうか。しかし影の部分は鮮明でないにしても、なにがあるかはわかるはずであった。

無逸斎の場合は影の部分は無になる。つまり完全に隠されてしまう、あるいは消えてしまうのだろうか。とすれば雲が流されたら、陽光が物の姿を鮮明にするように、明らかな記憶として蘇るのではないのか。

もしかすると、と源太夫は思った。自分にも起きていることが無逸斎の場合は大規模、あるいは極端になるのかもしれない。

源太夫は五十歳をすぎてから、たまにだが人の名前が出てこないことがある。あれとおなじなのかもしれない。表情が浮かんでいるし、声が耳に蘇っているのに、どうしても名前が出てこないのだ。

ところがちょっとしたことがきっかけで、例えば関連した人物の名前、あるいは口癖(くちぐせ)、唄の文句、どこかの見世(みせ)の名前、食べ物の匂い、それらによって花火のように鮮やかに浮き出る。すると名前どころか、その人物に関する一切合切(いっさいがっさい)が眼前に展開するのだ。

それのもう少し激しいと言おうか、極端なことなのかもしれなかった。今のところはたまにだが、それが少しずつ多くなって、次第に頻繁(ひんぱん)になるのが老いるということなのだろうか。

不意に、鈍器(どんき)で頭部を痛打されたような気がした。無逸斎は鎗組を勧めあげたが、趣味を持たず、友も少なかったという。

もしかすると、自分も無逸斎のようになったかもしれないのだ。ただ、趣味と言っていいかどうかわからないが、軍鶏を飼い、闘わせる楽しみがあった。そして剣で藩のために役立ちたいと、密かに励んできたのだ。

たまたま道場を開くことができたからよかったが、もし許可がおりなかったらどうだろう。すでに御蔵番の仕事は息子の修一郎(しゅういちろう)に譲っていた。友も多くはない。

軍鶏を飼うしか楽しみのない、偏屈(へんくつ)な老人になってふしぎはなかったのだ。

源太夫は道場で弟子を育て、さまざまな人にも接している。それが軍鶏に向きあうだけの、石や壁のままであったなら、一気に耄碌していたかもしれないのである。

いやいやと、おおきく頭(かぶり)を振った。

源太夫が孟宗の雨の話を出したのは、無逸斎に「新八郎なら、日向道場のことを憶えておろう」と言われたからである。道場絡(がら)みで二人に共通の話題がそれであったからだ。それなのに空振りしてしまった。絶対に決まるとの自信の打ちこみだったのに、竹刀(しない)が空(くう)を切ったのである。

逸実に無逸斎の件で相談され、現況を聞き出し、そして本人に対面していくらかわかったことがある。それをもとに糸口を見付け、なんとかして無逸斎を、いくらかでも本来の姿にもどさなければならない。

弟子の逸実に頼まれたこともあるが、かつての相弟子の思いもかけない姿を見て、源太夫はなんとかせねばと痛切に思った。あるいはそれが、不安定な状態にあるかつての仲間の、霞が掛かっているように見えたとしても、実は平穏な心を掻き乱すことになるかもしれない、と思いはするのだが。

そうは言っても、現状よりは良くなるはずだと思いたい。同時にそれが傲慢な干渉でしかないかもしれないと、思わないこともないのである。

葛藤、であった。

思いが胸中に溢れて圧迫するが、行き着くところは日向道場の相弟子に尽きた。すると言葉が口から迸ったのである。まるで日向道場の板の間に立って、道場訓を唱えでもしたように。

「技を磨くまえに心を磨け」

すると背を曲げてしょぼくれていた無逸斎が、不意に背筋を伸ばして張りのある声を発した。

「心を磨くまえに床を磨け」

あまりの急変に源太夫は目を、そして耳を疑った。無逸斎は、瞬刻まえとは別人のように変貌を遂げていたのである。

「師匠の口癖は忘れておらなんだな」

「やはり新八郎か」

「どういうことだ。なにが言いたい」

「新八郎によく似たやつが見えたり消えたり、そんな妙な具合だったが、やはり新八郎だったんだな」

「そうよ。一平太めに孟宗の雨を浴びせられた、無口の新八郎よ。近くを通り掛かったので、昔馴染みの顔を見たくなったのだ。たっぷりと面を見せてくれないか」

「明日にしてくれ」

「どういうことだ。娘っ子じゃあるまいに、化粧しようってんじゃないだろうな」

「今日は顔を洗っとらんのだよ」

「それでこそ大久保一平太だ」

「妙なところに力を籠めるな」

「ところで一平太。おれが道場を開いたのは知ってるな」

「ああ、軍鶏道場だろう。またの名を岩倉道場とも言う」

「逆じゃないか。それはいいが、たまには遊びに来いよ。見るだけでもいいが、もしなんなら竹刀を交えてもいいぞ。それは冗談としても、だれでもいいから、かつての相弟子を訪れてやれよ。懐かしんでくれるぞ」

「新八郎」

「なんだ。一平太」

「石か壁かと言われた新八郎が、これほど喋るのだから、それがわかっただけでも生きていてよかったぞ」

「ああ。生きていると、厭なこと、辛いことが多いが、たまにいいこともある。だから生きていることに意味があるのだろうな」

「気が向いたら軍鶏道場に行くかもしれんが、期待はせんでくれ」

「ああ。来られたら儲けもの、くらいの気持で待っておるからな」

「送らないが、気を付けて帰れよ」

「久し振りに顔を見て楽しかったぞ。ほんじゃな」と言ってから、源太夫は声を張りあげた。「逸実、邪魔したな。帰るぞ」

すぐに襖が開けられた。気が気でないからだろう、ずっと待機していたらしかった。

三

次の日、稽古試合を終えて井戸端で汗を拭(ぬぐ)い、着替えてから逸実は見所の源太夫に挨拶に来た。

「昨日は本当にありがとうございました。祖父は思った以上に良くなりまして、父も母も大喜びしております」

「それは重畳(ちょうじょう)」

その日の逸実は、今まで互角に戦いながら前日続けざまに三本取られた相手に、四対一の成績で稽古試合を終えていた。

ちょっとしたことがいかにおおきな影響を与えるかの、見本のような例である。とはいうものの、心の裡(うち)が単純に結果として現れるのは未熟だからだ。いかなる状態であろうと、常に一定の力を発揮できるようでなければならない。

それはともかく、訪問によって無逸斎が良好になったらしいということで、源太夫はいくらかではあるが安堵した。

「お蔭さまで表情も明るく豊かになりましたので、父と母が先生にぜひともよろしくとのことでした」

「わしはなにもしてはおらん。大声を発して驚かせただけだ」

「それがよかったのだと思います。祖父は一気に十歳、いえ十五歳は若返りました」

「いくらなんでも大袈裟であろう」

「いえ、わたしの目にはそれ以上におおきく変わって見えます。それまでの老いが、あまりにもひどかったですから」

「だとしても十五歳も若返れば、不惑まえということになってしまうではないか」

「会っていただけたら、おわかりになると思いますが。では本日は登城日ですので、わたしはこれで失礼いたします。本当にありがとうございました」

一礼して逸実は道場を出た。鎗組の見習いである逸実は、三日に一度、四ツ（十時）より七ツまで番所に詰めることになっている。

「久し振りに散策を楽しんだそうです」

翌日、逸実はそう言った。

「一刻（約二時間）あまりも、大堤まで往復したとのことでしてね。堤防の上に立って、長いあいだ園瀬の城下を眺めていたそうで、案外いい眺めだと言っておりました」

組屋敷住まいの者は、二月十八日の遊山の日に前山に出掛けないことが多い。ほぼ正三角形をした山の、正面と東西の斜面に場所取りをする。それが上から下へほぼ石高の順に並ぶので、普段以上に階級と序列を見せ付けられるからだろう。邦右衛門も、着飾って出掛ける藩士とその家族を横目で見ながら、無視し続けていたにちがいない。

当主が変わると、大久保家は遊山に参加するようになった。しかし無逸斎は、留守番をしているから行って来いと、自分は決して参加しなかったとのことだ。そのために自分が暮らす園瀬の城下を、しみじみと眺めたことなどなかったのだろう。

「案外と良き郷であるな、とかなり満足したようでした」

それからも逸実は、毎日のように無逸斎についての簡単な報告をするようになった。道場時代の相弟子を訪れ、きゃつもすっかり老いぼれてしまった、などと自分のことは棚にあげて笑うこともあったらしい。

散策し、人を訪れるようになって、少しずつだが足腰も丈夫になったようである。体を動かすことが頭にもいい刺激を与えるのか、無愛想さは次第に影を潜めるようになったとのことであった。

かつての相弟子を訪れて厭なことを言われたのか、憤慨していたかと思うと、翌日には上機嫌で帰って来た。べつの相弟子を訪ね、厭な思いをした相手の悪口を、二人で散々言ったらしい。

出歩くようになって心身ともに調子が良くなったので、家族も安堵したそうだ。なにしろ五十四歳である。多少の老けは仕方ないとしても、耄碌するには早すぎるので、年相応になったというだけで安心なのだろう。

しかし、良いことばかりではなかった。ある日、弁当を持って朝の五ツ半（九時）ごろ出た無逸斎が、予定の時刻になってももどらぬので、逸実は探しに出掛けた。

無逸斎は鎗組の仕事以外で、園瀬の城下を出たことはなかったのである。

藩主の参勤交代の折には、往きは松島港まで鎗を掲げて送り届け、還りは松島港で行列を迎える。園瀬城まで、藩主の乗物あるいは乗馬の前後を守って行進するのであった。

二十代、三十代には江戸まで随伴したが、四十代になってからは、松島港までの送り迎えだけでよくなっていたのである。

騎馬した城主側近の勤役に先導され、鎗組や弓組、そして鉄砲組は、それぞれの武器を右肩に押し当て、正面を見据えて従う。

その日、無逸斎は蛇ケ谷に出掛けると言っていた。

仕事以外で大堤の外に出なかったのに、花房川に架けられた高橋を渡ったのである。渡ると街道を下流に進み、般若峠に差し掛かるかなり手前で道を南に折れる。その先の細長い盆地が蛇ケ谷であった。

知りあいがいるとは聞いていなかったし、寺や神社に興味を持っていたようでもない。名所と言えるほどのものもなかったし、名が知られたのは松島港に抜けるためのイロハ峠ぐらいである。道が九十九折りになっているのでイロハ坂、番所が設けられたのがイロハ峠であった。

黄昏どきになってようやく、逸実は無逸斎の姿を見付けることができた。路傍の石に腰掛けて、ぼんやりと豪農の屋敷に植えられた巨大な赤松を見ていたのである。

四囲は刈り取りを控えた大麦と小麦の畑なので、石に腰をおろした無逸斎を、すぐ傍に行くまで見付けられなかったのだ。

歩き廻ったためか、無逸斎の疲れ切った顔は白く粉を吹いていた。

なぜそうなったかがわかると、逸実は呆れてしまった。

先導する騎馬の勤役に従って真正面を見たまま行進した邦右衛門時代の無逸斎だが、その脳裡に一本の見事な赤松の姿が浮かびあがったというのだ。脇見をしてはならないのだが、視野の片隅で、聳える赤松を捉えていたのだろう。

それなのに、実際に蛇ケ谷の盆地に来て見ると見当たらない。

そんなはずはないと、ムキになって探し歩いたのであった。隠居して無逸斎になってから伐り取られたのだろうか、とも思ったそうだ。イロハ峠に抜ける街道を進めばよかったのだが、脇道に入ってしまったため見付けられなかったのである。

赤松を見たときに、ある程度の見当を付けておけばよかったのだろうが、行列中ということもあり、そんなことは思いもしなかったのだ。土地の人に訊けばなんでもなかっただろうに、武士の沽券に拘って変な意地があったのかもしれない。

農作業用の細道や田畑の畦道を辿り、相当に疲れてから、無逸斎は街道を歩き直すことを考えた。蛇ヶ谷の盆地に入ってイロハ峠に至る街道を往復すれば、そのどこかで見付けられるはずだからである。

そう考えた無逸斎は街道に出て、ほどなく見付けることができた。赤松がくっきりと聳え立っていたのだった。赤味を帯びた樹皮、均整の取れた枝ぶりと緑濃い樹冠が、不意に目に飛びこんできた。

地形の関係や遮る竹林などのために、街道から赤松が見えるのは、途中のわずか一町半（一六〇メートル強）ほどでしかない。

歩き疲れ、ようやくのことで赤松を見付けることのできた無逸斎は、路傍の石にへたりこんでしまった。そしてぼんやりと赤松を眺めているところに、逸実がやって来たのである。

家族に散々文句を言われた無逸斎は、さすがに次の日はどこへも行かなかったが、それほどまでに疲れていたということだろう。その翌日も三日目も、無逸斎はおとなしくしていたそうである。

当番で番所に詰めなければならない日も、逸実は五ツまえに来て半刻（約一時間）ほど汗を流す。汗を拭って着替えてからでも、十分に間にあうからだ。当番でない日は午前中ずっと鍛錬（たんれん）し、場合によっては午後も励むことがあった。ところがその日はいつもより遅い五ツ半ごろ、見所の源太夫の傍に来たのである。

「あの、先生」

「むッ、どうした。無逸斎どのになにかあったのか」

稽古する弟子たちを見ながら源太夫が問うと、「はい。実は」と逸実が答えたので、初めて弟子を見た。そこで気付いたが、まだ稽古着に着替えていない。

「なにがあったのだ」

「先生が指導しているところを、見学したいと申しまして」

「なら、いつでもかまわんぞ」

「ありがとうございます。出入口に待たしておりますので」

無逸斎を連れて来た逸実は、「着替えますので」と断って控室に消えた。

突っ立っている無逸斎に坐るよう、源太夫は自分の横を顎（あご）で示した。

「好きなときに来て、好きなだけ見てゆけばよいでないか」

「そうもいくまい」

　言いながら板間に胡坐を搔いた無逸斎は、稽古に励む弟子たちは見ずに、首を捩(ね)じって道場のあちこちを見ていた。やがてポツリと言った。

「日向道場とおなじだな」

「なにが」

「道場訓」

「ああいうものは大体が決まっておる。特に付け加える項目も、削る項目もない」

　納得したのかどうかわからないが、無逸斎はなにも言わなかった。源太夫は正面に目を向けたまま、弟子たち全員を視界に入れていた。そうしながらも、無逸斎が落ち着きなくあちこちを見ているのを感じていた。

「軍鶏道場だから、軍鶏の絵か」

　道場訓の横に掲げてある、顕凜森正造(けんりんもりしょうぞう)の絵が気になったのだろう。

「岩倉道場だ」と、訂正してから源太夫は言った。「弟子の一人が描いた絵でな」

「見事だ。目がいい。まるで生きておるようではないか」

「その男は江戸に出て絵師になった」

　はずである。

だが消息は不明であった。真面目な男なので落ち着けば、それともなんらかの結果が出れば、便りを寄越すはずだと源太夫は待っている。

「そっくりだな」

「なにが」

「絵の軍鶏だ。まるであのころの新八郎ではないか」

「一平太、久し振りにヤットウをやってみるか。相手をしてやってもよいぞ。稽古着や防具は用意してある」

「止めておこう」と言って、無逸斎はニヤリと笑った。「弟子のまえで、道場主に恥を掻かせる訳にはいかん」

「よう言うた。世間で言ってるほど、惚けは進んではおらんようだな」

源太夫は思い切って言ったのである。揺れ動いて摑みどころのない無逸斎の正気、それとも狂い具合がどうなのかを知りたかったからである。

「そういう言い方は、新八郎らしくない」

「一本取られたな。おれ自身、老いを感じることがあって、一平太はどうなのかと、気になったのだ。悪かった。忘れてくれ」

稽古着に着替え、防具を付けた逸実が道場に姿を見せた。いつもの相手と稽古試合を始めようとしたので、源太夫は声を掛けた。

「逸実、今日はちがう相手とやってみろ」

「ちがうと申されますと」

言いながら逸実は素早く道場内を見廻した。同時に源太夫もそうしたのである。

「伸吉」

源太夫が声を掛けると直ちに、伸吉は「はい」と答えて稽古を中断した。あるいは、との思いがあったのかもしれない。

顔を強張らせて棒立ちになった逸実を見て、源太夫は解せんという顔になった。

「いかがいたした」

「いえ、ただ」

「ただ?」

「まだ十二ではありませんか」

言いにくそうに逸実は答えたが、不服な思いが籠められている。

「それがどうした」

「腕を磨くには、常におのれより若干上の者と対戦せよと言われております」

「そう思うたから、ふさわしい相手を選んだつもりだが」

平然と言った源太夫の言葉で、逸実の顔面が一瞬にして朱に変わった。

気が付くと道場中の弟子たちが稽古を中断して、逸実と仲吉を見ている。たまたま逸実が連れて来た無逸斎が期待に顔を輝かせているとなれば、逸実は応じるしかない。

尺扇を手に源太夫が両者を立ちあわせたが、いきり立った逸実に対して、仲吉は見事なまでに落ち着き払っていた。

結果は瞬刻の間もなく出たのである。

源太夫が尺扇を上に挙げたと同時に、仲吉の剣先が逸実の籠手を打ち据えていた。

すかさず源太夫が仲吉に扇をあげる。

それが逸実を狂わせた。こうなると普段の力の半分も出せない。

逸実は十二歳の少年に、二対三で敗れたのである。

辛うじて一礼はしたものの、着替えのために控室にさがる逸実の顔は蒼白になっていた。

「いいものを見せてもろうた」

無逸斎がごく冷静に言った。まるで源太夫の意図やねらいを、十分に理解しているとしか思えぬ冷静さである。

「それにしても、逸実は若いのう」

「だから伸びる可能性を秘めておる。尺取りの縮むは伸びんがため、との諺がある。縮んだ者ほど伸びるからな」

「伸びる者もいるということだ。縮んだままで終わる者のほうが多い。新八郎は伸びたが、わしは縮んだままで終わったではないか」

「なに、まだわからん。終わっちゃおらんからな。そのままでいいのか」

年少組に負かされた逸実に、言葉を掛けてやったほうがいいのではないのか、と言ったつもりであった。

「そのままにしておけば立ち直るだろう。中途半端に慰めると、自力で立てなくなることもある」

「わかっておるではないか、一平太」

ほどなく着替えを終えた逸実がうながしたので、無逸斎は席を立った。

逸実が頭をさげたので源太夫も応じたが、黙ったままなのが少し気懸かりではあった。

「いつでもかまわんぞ。迷わずに一人で来れるだろう」

「おそらくな」

無逸斎はニヤリと笑うと、孫のあとを追って道場を出た。

逸実は放っておいても立ち直るだろう。年齢相応の状態にもどった無逸斎が傍にいるのだから、源太夫としては心強かった。弟子のまえで恥を掻かせる訳にはいかんと、冗談めかした皮肉が言えるようになったのだから、案ずることはないはずである。

四

「どうも、いささか浮かれ気味でしたので、その反動ではないかと思うのですが」

当番の日ですら、登城まえに来て稽古を欠かさないほど熱心な逸実が、四日続けて休んだのである。やはり年下の伸吉に二対三で敗れて、打ちのめされてしまったのだろうかと、源太夫はいささか落胆した。

ところが五日目、源太夫が道場入りしたときには、素振りで十分に体を解していた。顔色も悪くないし、それまでと特に変わったところも見られなかった。源太夫が見所に坐るなりやって来て、ご心配をお掛けしましたと前置きすると、そう続けたのだ。

無逸斎の調子が良くなかったらしい。逸実はその理由を自分なりに考えて、浮かれたための反動と見たのだろう。

無逸斎が岩倉道場に来た翌朝、逸実は母親に起こされた。

「父上の姿が見えないのだけど、なにか心当たりはないかえ」

父上とは母にとっての義父邦右衛門、つまり無逸斎である。

組屋敷の部屋数は四部屋から六部屋だが、大久保家は五部屋とのことだ。それに日常食べる野菜を栽培し、卵を得るための鶏を飼うほどの、申し訳程度の庭が付いている。そのどこにもいないらしい。

前日、帰った無逸斎がいつになく饒舌だったので、いっしょに道場へ往復した逸実に、なにか心当たりがあるのではないかと思ったらしい。行き来や道場での会話から、あるいはと見当が付けられるのではないかとの判断で訊いたのだろう。

だがいくら思い返しても、特別な土地や場所、また藩士やそれに関連した人物、かつての相弟子や、藩校で学んだ者の名前は記憶にない。特に話題にはならなかったのである。

取り敢えず顔を洗い食事をしたが、逸実は前日だけでなくここ数日の、祖父との会話を洗い直した。食事を終えて茶を飲んだ。父親は登城日なので、気を付けてはみるがと言ったものの、できることはかぎられている。

「まさか、蛇ヶ谷まで行ったのではないだろうね」

考えあぐねて母が言った。

「それはないと思います。突然、赤松のことが気になって出掛けただけですからね。それが植わっている百姓の屋敷を突き止めたのだし、あの日はくたくたに疲れてましたから、改めて行く気にはなれないでしょう」

母はもっともだと思ったようだ。

「組屋敷の人たちにはわたしがそれとなく訊いてみるから、逸実はほかを探しておくれでないか」

「ほかと言われても、雲を摑むような話ですから」

「例えばお寺とかお宮さん。もしかすると買いたいものがあって、どこかの見世に探しにいったかもしれないし」

「であれば程なく帰って来るでしょうけど、この時刻に開けている見世なんてありませんよ。それより母上、お出掛けのときは、行先は告げないのですか」

問われて母は考えていたが、やがて首を振った。

「どこに行くか大抵はわかっているし、それより滅多に出掛けなかったからね」

ゆっくりと茶を飲み終え、しばらく無逸斎の帰るのを待った。帰らないとなると、やはりよくないことを想像してしまう。

どこかに倒れているのではないだろうか。だれかが気付けば知らせてくれるはずだが、倒れたのが人目に付かない場所かもしれない。よろけて池や溝に落ちたこともあり得る。そういえばつい先日も、暴走する馬に蹴られて年寄りが大怪我をしたことがあった。

などなど、悪いことばかりに気が行く。黙って出てしまったので、気を揉まずにいられない。

「探してきますよ」

「当てはあるのかえ」

「ありませんが、じっとしていても仕方がないですから」

「昼には帰るのだよ。父上がおもどりだと、むだになりますからね」

歩き廻れば腹も空くだろうから、帰るしかないのだ。

逸実は母に言われたこともあったが、まずは寺町に行くことにした。

大久保家の菩提寺である飛邑寺に出向き、男坂から山門を潜り、庭と墓地は念入りに見た。動き廻ることでなにかと刺激を受け、急に先祖の墓参を思い立ったのかもしれない。

自分の家の代々墓だけでなく、親類の墓も順に見たが、来た気配はない。そして女坂から出て隣の寺というふうに、寺町に集められた七つの寺を廻った。しかしどこにも無逸斎の姿はない。神社の境内も探し、それから常夜灯の辻に出た。

知りあいに出会えば、それとなく祖父を見掛けなかったかを尋ねようと思った。だが棒手振りの小商人、出職の職人、農夫くらいで、武士の姿はない。

続いて最も繁華な要町に行って、念入りに店を覗いたりもした。もちろん、空き地や叢、路地なども調べたが、どこにも祖父の姿はない。

昼になったので空きっ腹を抱えて帰ったが、無逸斎はもどってはいなかった。

母も組屋敷の各家を廻ったものの、予想どおりどこにも姿はない。隠居前も隠居後も、組屋敷のいずれかの家を訪ねたことなどほとんどなかったのだから、いなくて当然だろう。

「疲れているのにすまないけれど、念のために蛇ヶ谷に行ってくれないかね。これまで、なにかにあれほど関心を持ったことはなかったからね。それにあたしたちが知らない、ほかの理由があるのかもしれないし」

　そう言われたら、むだとわかっていても出掛けるしかなかったのである。

　蛇ヶ谷の盆地に着くまでもあちこちに目を配り、大石の裏側や木立、橋の下、溝の中なども注意深く見た。そして盆地に着いてからも、念入りに探したし、疲労困憊した無逸斎が坐りこんでいた石にも行ってみた。

　ところが無逸斎は、思い掛けない所にいたのである。

　蛇ヶ谷からの帰路、西側に抜ける街道を辿り、大堤への高橋を渡っていて、逸実はなにげなく花房川の下流を、そして上流を見た。

　すると遥か上流の、武家が沈鐘ヶ淵、町人や農民が鐘ヶ淵と呼ぶ淵を望む砂地に、胡麻粒ほどの人の姿があった。子供ではなくて大人のようだとは思ったが、若いのか年寄りか、武士か町人かなど、なに一つわかりはしない。

　だが逸実は無逸斎だと直感し、それだけを頼りに急いだ。

流れは川床を蛇行しているので、石ころや砂利の河原だけを歩いては行けない。沈鐘ヶ淵に辿り着くまでに、何度も流れを渡らねばならないからだ。となると街道か大堤かということになるが、街道からだと、さらに上流の流れ橋を渡らねば、祖父らしき人物がいる砂地に行けない。

逸実はためらうことなく大堤の道を選んだが、土手道から沈鐘ヶ淵の岩の一部は見え隠れしても、砂地はまるで見えない。着いたときには、いなくなっているかもしれないのである。

高橋を渡り切ると番所があって、番人に届け、住まいと名前を書かねばならない。逸実は蛇ヶ谷の盆地に行くときに届けていたが、そのときの番人ではなかった。

橋番は二人組の三交替制で、明けの六ツ（六時）から八ツ（午後二時）までが朝番、八ツから四ツ（午後十時）までが昼番、四ツから翌朝の六ツまでが夜番となっている。先に届けた直後に番人が交替していたので、改めて書くしかない。

気が急いていても、城下では武士は走ってはならなかった。何事が起きたかと庶民が恐慌を来すので、どんなに急いでも大股の早足で行くしかないのだ。

しかし幸いにも城下ではない。逸実は全力で駆けた。登城日でなく、道場に通う訳でもないので、着流しで袴を着用していなくて幸いだった。股立を取らなくてもよかったからだ。

土手から細道を駆け下って段丘の道を走り、ようやく砂地に出ることができた。人物がおなじ場所にいて、しかも祖父の無逸斎だったので、逸実は安堵に胸を撫でおろした。

ところがおかしいのである。逸実は河原を駆けたので砂利が派手な音を立てたはずなのに、無逸斎は振り向きもしないで、ぼんやりと淵を見たままであった。

二間ほどに近付くと、逸実はゆっくりと歩いた。無逸斎は無関心である。それも逸実が傍に来ているのを知りながら、無視しているふうでもない。まったくの別世界にいるようで、焦点のあわぬ目を前方に向けたまま、瞬きもしなかった。

「いつからこうしていたのですか」

返辞はない。

「母上が心配しております。帰りましょう」

あるいは聞こえていないのだろうか、ふとそう思った。

肩に手を置いたがなんの反応もない。そっと揺すってみたが、やはりおなじだ。少し力を入れ、力を籠め、急に不安に囚われて揺さぶると、ようやく反応があった。ゆっくりと首を廻して逸実を見たのである。

ところがその目が、とろーんとしている。焦点があっていないだけでなく、薄い膜が掛かったようであった。

「わたしがわかりますか。わかりますね。逸実ですよ。孫の逸実です」

「逸実か」

ようやくのことで声が聞けたが、その声は平板で、しかも掠(かす)れて弱々しい。

「逸実です。わかるのですね」

「どうしたのだ、一体」

朝から姿が見えないので、探し続けてようやく見付けることができたのです。そう言いたかったが、思い止(とど)まった。なるべく刺激を与えないほうがいい、と考えたからである。

「さあ、家に帰りましょう。いっしょに帰りましょう」

祖父の両手を取って立ちあがらせた。節榑立(ふしくれだ)ってはいるが、まるで力が感じられなかった。でありながら、頼り切ったように逸実の手を握(にぎ)り返してきた。というより、縋(すが)り付く印象である。

立たせると、強すぎず、しかし弱くもないように気を付けながら、右手で祖父の左手を取った。

並んで歩く。

問われたら答えるが、こちらからは話し掛けないことにした。この世にいるかどうかも本人はわかっていないのでないか、そんな気がしたからである。腫れ物に触れるように、体も心も刺激しないように細心の注意を払った。

まどろっこしいほどの歩みだが、それに歩調をあわせる。

時間を掛けて堤防の上に辿り着き、平地への緩い坂道をのろのろとおりて行く。そして畑中の道を組屋敷へと歩いて行った。夕刻が迫っていることもあり、しかも集落からは離れているので、人と会うことがなくて幸いだった。

組屋敷まで三町（三三〇メートル弱）ほどになったとき、男が足早にやって来るのが見えた。父であった。下城して、気を揉みながら待っていたことだろう。

「一体どうした。どこにいたのだ」

逸実はあわてて左手の人差し指を唇に当てた。理由はあとで話すので、どうか静かに願います、とのつもりだった。事情を察したらしく父は口を噤んだ。しかし、表情、特に目からは憤りが迸っていた。

屋敷に近付くと母も出て来たが、もうそのときは顔も判然とせぬ暮靄どきだったのである。

五

「なんとか家に帰り着き、むりにも食事をさせて寝かせました」と、逸実は源太夫に言った。「ところが次の日からは、先生に来ていただいたころよりずっとひどい状態でして」

それだけではなかった。ぼんやりしているのだが、ちょっと目を離すといなくなってしまうのである。連れもどしてあれこれ訊いても、まるで反応がないのだ。なにしろ話さないので手の施しようがない。

それもあって、逸実は無逸斎から目を離すことができず、家にある数冊の本を繰り返し読みながら、祖父の監視を続けていたとのことだ。二日、三日、四日と経ち、ようやく目を離しても無逸斎が徘徊することもなくなった。また母も接し方、扱い方を呑みこんだので、五日目になって逸実は道場に来られたということらしい。

おそらくそのとおりだろう。

　ただ、それだけではないかもしれない、と源太夫は思う。

　仲吉に二対三の僅差で敗れたが、数字では僅差であっても大敗に等しい。なにしろ相手は十二歳なのだ。それよりも逸実にとって問題なのは弟子たちに、さらにいえば師匠の源太夫に見られたことである。

　それほどの屈辱があるだろうか。臍を噬み、歯軋りし、七転八倒して、おそらく何度も勝負を洗い直したことだろう。すると頭に血の上った自分が、負けるべくして負けたことが理解できたはずである。

　祖父に対する心配と仲吉との勝負、逸実の胸の裡で双方の折りあいが付いたのが、五日目に道場に姿を見せた真相かもしれない。

　それを確認する方法は一つである。

「逸実と仲吉」

　源太夫がよく透る声で二人の名を呼ぶと「はい」と二箇所で声があがった。

　満足げにうなずいた源太夫は、立って尺扇を差し出した。

　弟子たちの全員が先日の大番狂わせを知っていた。だれもがそれについて熱っぽく語ったので、見ていなくても、どのようであったかはわかっている。

　源太夫が二人の名を呼ぶと、だれもが稽古を中断し、壁を背に板の間に正座した。どのような稽古試合になるか、だれもが期待に瞳を輝かせ、頰(ほお)を紅潮(こうちょう)させた者もいた。

――常にこうでなくてはならないのだ。

源太夫は逸実を見てそう思った。

伸吉は前回とまるで変わらない、父親の喬之進(きょうのしん)に鍛(きた)えられたこともあって、体も心も全力を出し切れる状態を維持していた。

逸実も見た目は前回とほとんど変わることがなかったが、源太夫の目にはまるで別人であった。静謐(せいひつ)なのである。このまえの上擦ったようなところが、まるで感じられない。

前回は源太夫が相手に伸吉を指名した時点で、逸実は逆上してしまった。たしかに若いに似ずかなりの実力の持ち主であることは、それまでの稽古試合などを見てわかってはいた。

ところが師匠は十二歳の年少組の伸吉を指名しただけでなく、ふさわしい相手を選んだと、挑発(ちょうはつ)するような言い方をした。それだけで逸実は自分を喪(うしな)ってしまい、目にもの見せてやると力んでしまったのだ。

心の強張りのために、肩にも腕にも無駄な力が入り、それが筋と肉の柔軟さを奪ってしまったのである。ところが伸吉は普段どおりで、力量が上の相手と闘えるのを楽しむほどの気持でいた。

その差が、源太夫が尺扇をあげると同時の籠手になったのだ。平常心で臨(のぞ)んだ伸吉と、完全にそれを喪ってしまった逸実の差であった。

逸実は冷静に振り返ることで、自分の敗因がわかったはずだ。自分らしさを喪いさえしなければ、負けはしない。

おそらくそのような気持の流れがあったのだろうと、源太夫は逸実の静謐を読み取っていた。

二人を対峙(たいじ)させた源太夫の尺扇が、静かに挙げられた。

伸吉の攻めは多彩で鋭かったが、逸実はそれに惑わされることなく冷静に対処した。そのためかどうか、打ちこみが、突きが、払いが一向に通じない。

あまりにも対照的であった。伸吉の動と逸実の静が、である。

さまざまな要素が絡みあっているので、簡単に言い切ってしまうことはできない。だが二人の闘い振りから、明らかに言えることはある。前回は伸吉の動に惑わされた逸実が、動で応じてしまったのが敗因だと言っていいだろう。

動と静の闘いは続き、長引くにつれ伸吉に焦(あせ)りが見られるようになった。むりもない。前回は攻め続けることで常に優位に立ち、その状態でおもしろいように決められたのに、それがことごとく外れてしまうのである。

心の動揺が動きに出た、そのわずかな隙を逸実の細かく鋭い攻めが、透かさず捉えた。瞬刻の差で逸実の竹刀が首筋に決まったが、伸吉の竹刀は空を切ったのである。

源太夫の扇が静かに逸実に挙げられた。

なおも動と静の攻防は繰り広げられたが、源太夫が「それまで」と宣告したとき、結果は逸実の五勝で、伸吉は一本も取れなかったのである。

勝者も敗者も、奇妙に思えるほど冷静であった。逸実は勝者の余裕かもしれないが、伸吉の冷静さはどこから来るのだろうか。

それに比して、観戦していた弟子たちの興奮は凄まじかった。前回からは想像もできない結果になったことで、ほとんどの者が狐につままれたような気がしたにちがいない。

――やはりこの若者は伸びる。

源太夫一人が冷静に見ていた。

いや、もう一人いた。前回は次席家老九頭目一亀の屋敷に、鶴松の稽古相手として出向いていた幸司である。弟子たちから、そして伸吉からも聞いていたはずだ。となれば、その落差の意味を幸司なりに導き出したことだろう。

伸吉は自分が前回優位に進められたことと、今日思うように運べなかったことの理由に、思い当たる節があったにちがいない。だからこそ敗れた理由を理解し、納得できたのだろう。十二歳の少年が、それだけ冷静でいられるのである。伸びないということが、あろうはずがないのだ。

前回の伸吉との対決がもたらした勝負結果は、逸実にとってまさに孟宗の雨であった。だがびしょ濡れになった逸実は、濡れたままで泣き寝入りはしなかったのである。

今日、伸吉に厭というほどの孟宗の雨を浴びせたからだ。それが結果として、伸吉に多大なものを与えたはずである。逸実をやりこめたままで終わったら、歪なままで、それに気付かぬかもしれない。その意味でいい孟宗の雨を浴びたのだ。

勝負を終えた逸実と伸吉は、向きあうと清々しい顔をして頭をさげた。続いて師匠の源太夫にお辞儀をした。源太夫はうなずき、そして言った。

「常時動じぬからこそ不動心と言う」

二人の弟子は、心に刻みこむかのようにうなずくと、その顔を引き締めた。

逸実と伸吉を見ている幸司と、チラリと源太夫の目があった。

果たして幸司は、孟宗の雨の洗礼を受けたことがあるのだろうか。師匠の息子ということで遠慮して、だれもが竹の幹を蹴らなかったかもしれない。いや、とっくに浴びせられながら、素知(そし)らぬ顔をしているのかもしれなかった。

木鶏（もつけい）

一

感に堪えぬように短く唸った鶴松に、幸司は思わず問い掛けていた。

「いかがなさいましたか」

「うーむ」

それには答えず、なおも鶴松は壁面に貼り出された道場訓に見入っている。

父の岩倉源太夫を通じて次席家老九頭目一亀に請われた幸司は、家老屋敷の道場に五日に一度出向いていた。嫡男鶴松と五人の学友の、剣術の相手をするためである。幸司は学友扱いとなっているが、実のところは剣術の指南役であった。

その初日、学友たちがそろうまでのあいだに、鶴松はなにかと訊いてきた。もっとも関心を示したのが岩倉道場と、通称「西の丸」で知られる上級藩士のための道場のちがいについてであった。

新入りの弟子は兄弟子たちが道場入りをする四半刻（約三〇分）まえに、真冬でも道場の拭き掃除をすると知って鶴松はおおいに驚いた。そして道場主の息子の幸司が、今でも毎朝欠かさずやっていると聞いて目を丸くしたのである。とりわけ道場訓と、稽古着に着替えた弟子がかならずそれを唱えることに、強い関心を示した。

一亀は鶴松に西の丸の道場で稽古するように言ったが、腰巾着の学友たちは指導の厳しい師範を煙たく感じたらしい。屋敷に立派な道場があるのだからと鶴松を言い包め、西の丸に通わなくなったのだ。そんな連中がまじめに稽古する訳がない。

一亀は叱らず、幸司を加えることで鶴松の目を覚まさせることにしたのである。幸司は腰巾着の中で元凶と見抜いた目黒三之亟を叩きのめしたが、それこそ鶴松がやらねばと思いながらできなかったことであった。

一亀のねらいは的中し、学友たちはわずかな期間で、目の色を変えて稽古に励むようになった。一亀に基礎を叩きこまれた鶴松のみ力が抜きん出ており、もう一人まずまずの者がいたが、ほかの学友の腕は岩倉道場の年少組よりも劣っていた。

幸司の指導もあっただろうが、まず鶴松が目の色を変えた。それまでは学友に対して狎れあいのようにやっていたが、手加減せずにビシビシと決めるようになったのだ。

しかも鶴松は学友たちに、遠慮なく強い言葉を浴びせるようになった。

家老の一亀からは、道場にいるかぎり全員が同等であると釘を刺されていた。

しかし道場主の息子である幸司は、学友たちより遥かに下の家格である。そのためどうしても遠慮しがちになるだろうと、慮ってのことだろう。

鶴松が真剣に打ちこむようになると、学友を続けるには怠けていられないと思ったのかもしれない。学友たちは全力を尽くすようになったが、素質の差などもあって自然と序列ができた。そうなると下の者は口惜しいので、さらに熱心に稽古に励むようになった。

やがて、幸司に対する態度も自然に変わって来た。鶴松より力が上である以上、どうしても一目置くしかなかったのだ。

初日に幸司が毅然たる態度を示したことで、すべてがいい方向に回転を始めたのである。

ある日、稽古を終えたあとで鶴松が幸司に訊いた。

「岩倉道場では壁に道場訓を貼り出してあると最初の日に聞いたが、見せてもらえぬだろうか。いや、道場訓は二の次で、知りたいのは実際の稽古だが」

「わかりました。師匠の許しを得ますので、それからにしていただけますか」

「師匠と言っても幸司の父親であろうが。ただ見学するだけなのに、許可がいるのか」

「道場では師匠と弟子であって、親子ではありませんので」

鶴松には意外であったようだ。藩主が藩士とその子弟を教導する目的で岩倉源太夫に任せた道場だが、世襲でないことまでは幸司は言わなかった。

「見学は自由だが、女は混じっておらぬな」

源太夫がそう訊いたので、幸司は戸惑わずにいられなかった。

「鶴松さまとご学友ですから、当然ですが全員が男です」

「ならよい。道場に女人はご法度だ」

そこでようやく、軽くからかわれたのだとわかったのである。

昨日は幸司が家老屋敷に出向く日であったので、許可を得られたと鶴松に伝えると、さっそく今日やって来たのだ。もちろん五人の学友もいっしょであった。

時刻は四ツ（十時）をすぎていた。

幸司が年少組を指導していると、弟子の一人が言ったのである。

「九頭目さまが見学にとのことですが」

「うむ」

まともな返辞にならなかったのは、伝えた翌日に来るとは思いもしていなかったからだ。年少組には自分たちで稽古を続けるように言い聞かせ、幸司は出入口に向かった。

「お見えでしたら予め言っていただければ」

「気にするな。思い立ったが吉日と言う」

幸司が道場主である源太夫に引きあわせ、鶴松が代表して見学させてもらう旨伝えた。

挨拶を交わした源太夫は弟子たちに、見学にお見えだとのことなので、気にせずに普段どおり稽古を続けるようにと言った。

しかし着ている物がちがうし、差料を見ただけで、高位の藩士の子息だとわかる。また弟子の中には顔や名前を知った者もいるので、稽古に身を入れろと言うのがむりだった。気も漫ろで、絶えず横目で鶴松と学友を見ていたのである。

西の丸にも家老屋敷の道場にもないものがあるが、中でも弟子の名札と道場訓が珍しいらしく、学友たちはしきりと目をやっている。顕凜森正造の「軍鶏図」にも、まじまじと見入っていた。

　幸司は名札が、右から左へ、上の段から下の段へと力の順に並べてあること、年に二回師匠が名札を並べ替えることを説明した。一つでも上位に掲げられたいと稽古に励み、並べ替えの結果に弟子たちが一喜一憂すること、などをである。ただ一人、鶴松だけは道場訓のまえから動こうとしなかった。道場訓は二の次だと言っていたが、むしろこちらに対する興味のほうが強かったようだ。

「うーむ」

　ふたたび唸った鶴松は、幸司に目を向けて訊いた。

「稽古着に着替えた者は、最初にこれを唱えると言っていたな」

「はい。入門したばかりのときは、声を張りあげて。しばらくすると照れ臭くなるのでしょう、口の中で唱えるだけの者がほとんどとなりますが」

「幸司は」

「声に出します」

「照れ臭くないのか」

「照れ臭いですが、声に出しますと体が応じますので、そのためにも声に出すようにしているのです」

「体が応じるとは」

「口が声に出しますと耳が聞きます。それなのに体が応じないと、心が口や耳を裏切ることになるのです。おなじ自分の体でありながら、心と体が一つでなくなってしまいます。つまり矛盾、矛と盾という関係ですか」

「道場訓を声に出して読むのは、心と体を一にするため、ということか」

「はい。なんでもないようで、続けていると実はとてもおおきな差を生むのがわかりました」

鶴松は目を閉じたが、ひたすら考えていたらしい。

「そうか。ゆえに声に出さねばならんということか」

「おわかりいただけましたか」

「言葉は言霊と言って霊力を宿すと言う。そうか。そういうことか」

「はい。そういうことなのです」

「なにを二人で訳のわからぬことを、わかったように言っておられるのですか」

ややこしい言い方をしたのは、仙田太作であった。

父親は引除郡代だが、鶴松の学友の中では家格がもっとも低い。父親の職掌から算術が得意なため、異色ながら学友に加えられたのかもしれなかった。

「礼節を以て旨とすべし、と道場訓の冒頭に出ておる。太作には礼節が欠けているようだな」

瀬田主税が揶揄すると、目黒三之亟が相鎚を打った。

「欠けております。それも著しく」

「馬鹿話をしていると、目的を忘れてしまうぞ」と、鶴松が言った。「どうした、変な顔をして。まさか忘れたのではないだろうな。そのほうどもは名札と道場訓を見に来たのか」

「ほかになにかございましたか」

そう言ったのは太作である。

「実に見事な惚け方だ」

「惚けた振りをしているとは、鶴松さまは寛大ですな」と言ったのは、松並千足である。「太作は本当に忘れてしまったのですよ。算術は得意なのに、案外と間の抜けたところがありますから」

「いい加減にしないか」と、鶴松は窘めた。「くだらんことを言っていると、稽古の邪魔になる。幸司も稽古の途中だったのだろう、続けてかまわないぞ」

「それでは、ごゆっくりと見学なさってください」

二

鶴松が道場に正座したので学友たちも倣(なら)った。鶴松が一番右、続いて松並千足、目黒三之亟、足立太郎松(あだちたろうまつ)、瀬田主税、仙田太作の順となった。それが家格のままなのが幸司にはおかしかったが、自然とそうなってしまうものらしい。

それぞれの父親の役職は、次のようになっている。

松並千足――年寄役なので藩主側近筆頭であり、家老の補佐役。格は中老で、順位は家老の下、裁許奉行の上となっている。

目黒三之亟――弓組支配頭を兼務する目付なので、物頭席の騎馬士であり、順位は家老補佐役の下である。

足立太郎松――町奉行は中老格の物頭席。町奉行は二人が月番交替で勤め、重要案件は合議の上、家老の判断を仰(あお)ぐ。

瀬田主税――奏者役。藩主側近の騎馬士である。

仙田太作――引除郡代は産物売捌方(うりさばきかた)の別名を持つことからわかるように、塩を中心に砂糖などの産物の販売を受け持つ。郡代奉行と同格の騎馬士である。

鶴松をはじめ全員が元服まえであった。

弟子たちは各自の進み具合によって稽古をしているが、幸司が九頭目家の道場でやっていることとおおきな変わりはない。鶴松と学友たちが稽古のどこを見てなにを感じるか、ということになるだろう。

幸司は年少組の稽古の続きにもどることにしたが、気が変わった。どうせなら鶴松たちが知らないし、おそらく見たこともないであろう、岩倉道場独特の稽古を見せることにしたのである。

十歳前後の、八、九歳から十三、四歳までの少年が年少組と呼ばれていた。もっとも戸崎伸吉のような例外もいない訳ではない。十二歳で入門するなり名札の最上段の者と闘うほどの力量があったので、短期間で年少組扱いでなくなった。十四歳の幸司は道場主の息子だからではなく、やはり名札を最上段にあげるまえから一般の弟子扱いである。

入門時期は決まっている訳ではないが、正月から弥生に掛けてが多い。現在の年少組は竹刀の持ち方、構え方、足の開き方、摺り足などの基本は終えていた。素振りも上下素振り、前進後退正面素振りは毎日やっているし、左右面素振りや跳躍素振りに進んでいる者もいる。

ほかにも打ちこみ稽古、掛かり稽古、地稽古と試合形式の稽古に入った者もいた。もっとも現段階では打ちこみ稽古で、これは上級者である元立ちが隙を作り、下級者である掛かり手がそれに乗じて打ちこむものだ。

「今日は投避稽古をやるとしよう」

幸司が言うなり何人かが壁際の棚まで走って、お手玉を両手に抱えてもどった。

お手玉は厚めの端切れを縫いあわせ、ハトムギを詰めたものである。お手玉といっても女児の遊び用とちがって、まともに当たれば相当に痛い。

その日は十名ほどの年少組がいたが、だれもが指名してもらおうと瞳を輝かせながら幸司を見ている。鶴松と学友に見せるのが目的なので、幸司は最初はもっとも未熟な八歳と九歳の二人を選んだ。投げる力も弱いので、二間（約三・六メートル）のあいだを空けてやらせることにした。

この稽古は、距離を置いて向きあい、片方が相手の顔を目掛けてお手玉を投げつけるというものだ。初めは緩めに投げ、何度投げても避けられるようになると次第に速くする。全力で投げても躱せるようになると、一尺（約三〇センチメートル）ずつ縮めておなじ手順を繰り返すのである。

力を付けると、短い距離から全力で投げ付けられても、ほぼ避けることができた。これができると、敵がどこをねらってどう攻撃してくるかの動きが、かなり読めるようになる。

だれもが半信半疑で取り組むが、やってみてその威力に驚かされるのであった。

幸司は次に年少組としては中ほど、続いて上の者と段階的にやらせた。五個ずつ持って交互に投げるのだが、中から上になるにつれて、投げるのも躱すのも目に見えて敏捷になる。

鶴松と学友は相当に驚き、幸司の念入りな説明を聞いたが、かならずしも納得したふうではなかった。

「今のは年少組なので、投げるほうも避けるほうも緩やかなのがおわかりでしょう。腕がたしかな者になりますと、まさに電光石火です」

「さもあらん。年少組ですらこれだけとなれば、上位のものは凄まじかろう」

そう言ったのは鶴松であった。やはりその凄さを一番強く感じたのだろう。

「だが、あの程度であれば、避けられぬことはあるまい」

目黒三之亟が鶴松の言ったことを否定するように、鼻で笑ったのである。おそらくそう言うと予想していた幸司は、透かさず、しかしさり気なく言った。

「いかがです、三之亟どの。それを示していただけませんか」

鶴松がとてもむりだろうという表情をしたので、短気で激情型の三之亟はムキになったようだ。

「おもしろい」

「力の差を見せていただきたいものです」

言いながら幸司が微かに首を傾げたのが、三之亟の気持に火を点けた。

「年少組ということは、ほぼおない年だな」

「では、やっていただきましょう」

鶴松は意味ありげな薄笑いを浮かべたが、どうやら幸司の真意がわかったらしい。

年少組の連中の顔を見ると、だれもが自分を指名してほしいと訴えている。負けないからというより、雲の上の存在と言える上士にどこまで通じる腕かを知りたいのだろう。

「実力は大人と較べても遜色ないのですが、いくらなんでも若すぎますから、三之亟どのには失礼かなと」

三之亟がムキになって受けるのがわかっていたので、幸司はわざと挑発（ちょうはつ）したのである。

「剣で意味を持つのは腕だ。年齢になにほどの意味があろうか」

「至言でございますが、なにしろまだ十二歳ですから」

三之亟が十四歳なので、十二歳だと強調したのである。

「だから申したではないか。要は腕である。力だ」

「でしたら」と、道場内を見渡しながら言った。「仲吉、相手をしてさしあげろ」

「はい。わかりました」

三之亟を挑発するとき、幸司はすでに戸崎仲吉に決めていた。なぜなら成り行きを見ながら、しきりと視線を絡（から）ませてきていたからだ。「わたしでしょ。だって、わたしのほかにはいないじゃありませんか」と、目が訴えていた。

そのころには、おもしろいことになりそうだと、弟子たちの全員が稽古を中断して、幸司と三之亟、そして仲吉を見ていた。素知（そし）らぬ顔で正面に静かな目を遣（や）っていたのは、師匠の源太夫だけであった。

いや、ほとんど無視を決めながら、目の奥に見え隠れする動揺を隠せないままの者がいた。以前、九頭目一亀が道場に来て稽古相手に指名しながら、鶴松の学友に選ばれなかった佐一郎（さいちろう）である。

「手加減すれば相手に対して失礼になる。全力を尽くせ」

幸司がそう言うと、仲吉は「はい」と答えて微笑んだ。

結果は、鶴松たちが驚愕（きょうがく）したほどの差となった。三之亟は五個投げて一つも当てられなかったが、三個を顔に受けたのである。そればかりではない。三之亟は顔を強張（こわば）らせ、必死の形相（ぎょうそう）でお手玉を躱そうとして躱せなかったのに、仲吉はわずかに頭を捻（ひね）り、体を逸（そ）らせただけで楽々と避けたのだ。

ハトムギを詰めたお手玉は相当な威力があり、三之亟の頰（ほお）は真っ赤になっていた。だが鶴松と学友たちは笑わなかった。笑うに笑えぬほど、その結果が強烈だったからだ。

「しかし、たいしたものだ」と、鶴松が言った。「十二歳だそうだが、長年、鍛（たん）錬（れん）を重ねてきたことだろうな」

「いえ、入門して半年にもなりません。それにお手玉投げでは、年子の姉に歯が立たぬそうですから」

鶴松と学友たちは顔を見あわせた。仲吉と年子となれば十三歳なので、かれらより一歳下の女児。それに歯が立たぬ仲吉に、軽くあしらわれてしまったのだ。

面目（めんぼく）を潰（つぶ）された三之亟の顔は蒼白（そうはく）になっていた。

「幸司はずっとこれをやってきたのか」

松並千足が訊いたので、幸司はおおきくうなずいた。

「はい。四、五歳から」

澄（す）ました顔で言ったが嘘（うそ）である。長崎に遊学している龍彦とやり始めたのは、もっとあとであった。

「それにしても、すごい稽古を考え出したものだな」と、鶴松が言った。「われらも始めようではないか」

感じるところが多かったからだろう、学友の全員がおおきくうなずいた。我（が）が強く自惚（うぬぼ）れ屋の三之亟でさえ、首を縦に振った。実際にやったので、強く感じるところがあったらしい。

「お手玉はございますか。いえ、礫（こいし）でも栗や橡（とち）の実でもいいのですが」

「当たれば怪我（けが）するのではないか」

「もともとは、顔や胸をねらって弓で矢を射たとのことです。もちろん十分な距離を取って、鏃（やじり）にはタンポを着けます。タンポ鎗（やり）とおなじ理屈ですね。お手玉もそうですが、初めは長い距離から緩めに射て、躱せるか木刀で叩き落とせるようになれば次第に強くし、最後には全力で引き絞り放ちます。あとは距離を縮めながら、おなじ要領で繰り返すのです。道場ではむりですのでお手玉にしたのですが、屋外に出て弓矢で稽古する者もいます」

「幸司はどうやら、弓矢でもやっておるようだな」

松並千足がそう言ったが、幸司は笑って答えなかった。ということは認めたもおなじである。

「しかし鏃にタンポを装着しても、弓矢でねらわれると怖いだろうな」

「幸司」と、源太夫が大声を発した。「母屋に行って、説明してさしあげろ」

稽古の邪魔になるとの含みが言外にある。

「ということですので」と、幸司は鶴松と学友たちに言った。「咽喉が渇いたでしょうから、続きは母屋で茶を飲みながら」

三

鶴松と学友が岩倉道場に見学に来た四日後、幸司は次席家老の道場に出向いた。

五ツ（八時）には間があるというのに、道場には人の気配があった。

すでに着替えて素振りをしていたらしく、道場のほぼ中央で左手に竹刀を握った鶴松が入口の幸司を見た。

「お早うございます、鶴松さま」

「お早う、幸司」

挨拶を交わすと同時に鶴松の右手首が捻られ、ほぼ同時に幸司の顔のすぐ横後ろで、壁板がバシッと音を立ててお手玉が床に落ちた。道場への一番乗りはいつも幸司なので、鶴松はこれが試したくて待っていたらしい。

「やはり躱されたか。まさか気付かれるとは思っていなかったが、どこで見破られた」

「竹刀を左手で持ち、右手を握っておられましたので来るな、と思うと同時に」

「外しただけでもたいしたものだが、外しておきながら構えを崩さなかったのはなぜだ」

「すぐさま二の矢があると思ったからです」

「二の矢だと？　左手は竹刀を握っておるのだから、お手玉は隠せまい」

「それはありません。右手で握り直さねばならないですから」

「でなければ、投げられまい」

「右手の人差し指、中指と薬指で第一弾を握り、親指と小指で押さえて、掌(てのひら)に第二弾を隠し持つのです。第一弾を外されたら、相手が体勢をもどすまえに第二弾を放てば、避けることは容易(ようい)ではありません」

鶴松は目を真ん丸に見開いた。

「そうか。そこまで考えて鍛錬しておるとなると、わしにはとても仕留(しと)められないな」

「年少組に教えられたのですよ。どうすれば相手に当てられるか、あれこれ考えながら試していますからね。驚かされることがあります」

「わしは年少組に劣るということか」

「連中にとっては遊びとおなじで、どうやったら当てられるか、相手が躱せなくするにはどう投げればいいかを、楽しみながらやっているのです。だから、こちらが思いもしないことを考え出します」

「よし、試してみよう。二つを続けて投げられるかどうかを」

「しばらくお待ちください。稽古着に着替えますから」

「おお。そうだったな」

鶴松は照れたように笑った。

控室で幸司が着替えていると、次々と学友たちがやって来た。

幸司が稽古仲間に加わるまでは、四ツから一刻（約二時間）ほどしかやっていなかった。それではまともな稽古ができる訳がないので、幸司は五ツから二刻（約四時間）に変更した。しかも開始時刻には稽古着に着替えをすませており、それができない場合は、出入りを止めてもらうことにしたのである。

次席家老の九頭目一亀から、稽古に関しては幸司の指示に従うことと釘を刺されていたので、学友たちは渋々と従った。しかし今では、それを当然のように思っているようだ。稽古がおもしろくなってきたからだろう。

「鶴松さまがえらく張り切っておいでだ」

仙田太作がそう言うと、目黒三之亟が皮肉っぽく言った。

「どうやら今日は、お手玉ゴッコとなるのではないのか」

「ゴッコはないだろう」と、瀬田主税が言った。「このまえ岩倉道場に見学に行ってから、すっかり気に入って、さっそくお手玉を作らせたからな。ま、むりもないが」

「なにが、むりもないのだ」

三之亟が絡むような言い方をしたが、主税はさり気なく答えた。

「三之亟には女児の遊戯にしか見えんかもしれんが、なかなか剣術の本質を見据えておるのだ」と言ってから、主税は幸司に訊いた。「たしか投避稽古と言ったな」

「はい。投げて、それを避ける。極めて単純な稽古です」

「単純ゆえすべてに通じることもある、ということだ」

「無駄口はその辺でよかろう」と言ったのは、松並千足であった。「鶴松さまがお待ちだ」

「偉いお方をお待たせしてはなりませんな」

下卑た言い方をしたのは仙田太作である。

始めたばかりのころはだらだらと着替えていたが、すっかり手際がよくなっていた。

幸司と学友たちが道場にもどると、鶴松は数個のお手玉を次々に空中に投げていた。右手で投げあげたときには、左手が受け止めたのを右手に送るという具合に、三個のお手玉を順送りに回転させていたのだ。

「見事な手捌きですね。手妻師になれるのではないですか、鶴松さま」

足立太郎松がからかい気味に言うと、鶴松は落ちて来るお手玉を受け止めて両掌に纏めた。

「そう申すな。やってみると、どうして奥が深い」と言ってから、鶴松は幸司を見た。「投避稽古はだれが編み出したのだ」

「編み出した訳ではありませんが、命名したのは父の弟子でした」

「弟子の発案ではないのか」

「父が師匠に聞いた話で、もともとは唐土の書物に、弓の名人の話として出ているそうです」

「それで弓矢を使った稽古となるのか」

鶴松はよほど興味があるのか、矢継ぎ早に訊く。

「いえ、そうではありません」

そう断ってから幸司は父源太夫に聞いたというか、父が師匠の日向主水から聞いた話をした。どうやら主水は唐土の書に記された話そのままでなく、わかりやすく作り変えて弟子たちに話したらしい。

源太夫が主水に聞かされたのは、こんな話である。

十五間半（約二八メートル）先にある的は、八寸（約二四センチ）四方の白い縁(ふち)の中に、二寸(約六センチ)の黒い丸がある。

名人は百発百中させるのだが、その極意は的を見続けることにあった。そうすると周囲が次第に消えてゆき、最後に黒い的のみが残る。さらに見続けると眼前いっぱいに的がひろがり、ついには見えるのは的だけとなる。

丸い円の径が人の背丈よりも大となるのだ。その的を外す者はいない。

もちろんそのままでは不十分で、見た的が瞬時に背丈より大となる習練を積み重ねた末に、名人の域に達したということである。

「つまり目標をちゃんと見ることがいかに大事であるか、わかりやすく話したのだと思います」

「それを聞いて弟子の一人が、投避稽古とやらを編み出したのか」

そう訊いたのは瀬田主税である。

「いえ。父の話した遣り方に、それらしい名を付けたということですね」

「投げ避け稽古では子供の遊びだものな」

主税がうなずくと横から仙田太作が言った。

「最初に聞いたときは、稽古からなぜ逃げるのかとふしぎでならなんだ」

「逃避か」と、三之亟が小馬鹿にしたように言った。「いかにも太作の言いそうなことだ」

「すると、蜻蛉獲りとおなじことだな」

鶴松がそう言ったが、だれも意味が解らないで顔を見あわせた。足立太郎松が首を傾げた。

「投避稽古がですか」

「竿の先に止まった蜻蛉の目のまえで、人差し指でゆっくりと円を描くだろう。ゆっくりゆっくり、おなじ調子で円を描きながら、少しずつ蜻蛉に近付く。そして、すっと手を伸ばすと楽に摑めるのだ」

「やったのですか、鶴松さま」

「やった」

「それで」

「捕まえた」

「投避稽古と関係がありますかね」

思慮深げに訊いたのは松並千足である。

「ジーっと見続けておるだろう。蜻蛉は廻り続ける指先を、人は蜻蛉を」

「ゆっくりと、ゆっくりと」

「投避稽古は見続けることで、相手の速い動きがゆっくりと見えるようになるから、投げられても躱せるのでしょう」

「そういうことだな」

「蜻蛉獲りは、ひたすらゆっくりゆっくり、というだけですよ」

「となると、まるで関係はないか」

まじめな顔をして真剣に話したことが滑稽で、笑いが漏れた。

「岩倉道場では、梟猫稽古もやっておりましてね」

「キョウビョウ稽古だと」と、松並千足は少し考えてから言った。「病を恐れるので恐病稽古か。それとも狂う病で狂病稽古なのか。しかし稽古にそのような名を付す訳がない。訳が分からん。一体いかなる稽古なのだ」

「病を恐れるでは意味を成しません。キョウは梟、ビョウは猫です。両方とも暗くても目が利きます。それにあやかって、暗がりでも見えるようにする稽古です。武士はいつ、どのような状況で闘わねばならぬかわかりませんからね」

「鍛錬すれば闇でも見えるようになるのか」

「まったくの闇では見えません。ですが微かな明かりがあれば、梟や猫は獲物が見えると申します」

信じきれないというふうだが、幸司が口から出まかせを言うとも思えぬので、だれもが考えこんでしまった。

四

「それより幸司、先ほど話したあれをやってみよう」

鶴松がそう言ったので、学友たちは二人を交互に見た。

「ああ、あれですね。そうしますと鶴松さまが二の矢の仕掛け人で、わたしが的ということでよろしいですか」

「どちらが先攻でもかまわぬが」

「とおっしゃりながら、二段撃ちを試したくてたまらぬと顔に書いてあります」

「見破られたなら仕方がない」

「では、わたしが的に」

「初めてやるのだから、間合いは二間もあれば十分だろう」

「ええ。どうせ、思うようには二段撃ちをできる訳がありませんから」

「こいつ、言いたいことを言いおって」

笑顔で話す鶴松と幸司がなにについて語っているのかわからないらしく、学友たちは顔を見あわせた。目顔で遣り取りしていたが、松並千足に視線が集まった。

「おそらく」と、千足は言った。「われらが来るまえに、鶴松さまが投げたお手玉を幸司が間一髪で躱したのではないのですか」

「さすが千足だ」

「わからないのは、二の矢とか二段撃ちの意味ですよ」

「説明するのは面倒くさいし、それよりやったほうがわかりやすいだろう」

そう言って、鶴松は手に持っていた三個のお手玉のうちの一個を懐に捩じこんだ。

右の掌の手首寄りにお手玉を置くと、親指と小指でそれを上から押し付けて固定した。続いてもう一個を、残る人差し指と中指、そして薬指で摑んだ。だがうまく収まらないので、先のお手玉をずらしたり、三本指で摑んでいたのを握り直したりしていた。

なんども試してから、鶴松は首を傾げたのである。

「三本の指に力が入らず、うまく摑めないでしょう」と、幸司が言った。「握ろうとすると指が痛くなるはずです」

「摑むだけで精一杯だな。投げるためにはしっかりと摑まねばならんが、それができん」

鶴松の表情が次第に真剣になった。何度かお手玉を動かしたり、それぞれの指の角度を変えたりしていた。

やがて癇癪を起こしでもしたように、一個を床に落として、残る一個を五本の指でしっかりと摑んだ。そのまま手首を何度も捻った。

続いて親指と小指を外した三本の指で摑み、握りこもうとする。五本指の場合は、五本すべてがほぼおなじ曲がり方となり、各指のあいだはそれほど開いてはいない。ところが三本の指で握ろうとすると、それぞれの指がおおきく開くのである。五本分を三本で賄おうとするので、そうならざるを得ない。

「指に力が入らないため三本で支えるのがやっとで、強く握れないのだ。これでは投げられぬな」

「試してください」

幸司はそう言うと、鶴松から二間の間を取って立った。

三本指で摑んだお手玉を、鶴松が幸司の顔をねらって投げた。お手玉は緩やか

げ
に空中を飛んで、幸司の体の横に力なく落ちた。

幸司がそれを拾って渡すと、鶴松は先ほど足許に落としたお手玉を拾いあげた。掌の手首寄りに親指と小指で押し付け、もう一個を三本指でむりに握った。

二間の距離を置いて幸司が立つと、鶴松はおなじように投げたが、さっきより手前に落ちた。

「親指と小指にも力を入れんといかんので、さらにやりにくい」

幸司が落ちたお手玉を拾うと、鶴松が自分の持っていたのを渡した。そして二間離れて立った。今度は幸司に投げてみろということだ。

幸司が投げたお手玉は鶴松よりは遥かに速かったが、それでも避けられて、かなり背後の床に落ちた。

「さすがだ」

「一個のようにはまいりません」

「しかし、わしの倍以上は早かった」

「鶴松さまは慣れていらっしゃらないからです。握り方とか投げ方をあれこれと試されているうちに、次第に要領がおわかりになると思いますが」

「第二弾は相手も考えておらぬだろうから、油断しているはずだ。第一弾より遅くとも十分効果はあるだろう」

「それでは第二弾を予測した相手には通じません。むしろ、第二弾は第一弾より速くなければ」

「うーん。なにごとも、取り組めば奥が深いものであるな」と、鶴松が全員に言った。「だがそのまえに、われらは投避稽古の基礎からやらんといかん。取り敢えず一組分、五個ずつとして十個作らせたが、あと二組分作らせたほうがいいな」

「いえ、一組分があれば十分でしょう。投避稽古は、二人ずつが交替でやればいいですから。ほかの者は本来やるべき、地稽古とか掛かり稽古がありますので」

「では、だれかやりたい者はおるか」

「鶴松さまがまず手始めに。俗に、言い出しっ屁、と申しますから」

「よし。相手はだれだ」

「指名なされてはいかがですか」

「と言うことは、三之亟は自分が指名されると確信しておるようだな。であれば太作とするか」

「ご自分と力量の近い相手を選ばれましたね」と、太作が言った。「さすがお目が高い」

「そうではない。もっとも楽に当てやすそうな相手を選んだのだ。となると太作のほかにだれがおる」

爆笑となった。

「そのまえに、みなに見せたいものがある」

鶴松がそう言ったので、やはりなと思いながら幸司は言った。

「神棚の下でございますね」

道場に入ったときから気付いていたが、投避稽古のことがあったので黙っていたのだ。

「さすが幸司だ」

言いながら鶴松は神棚の下に行くと、壁に掛けてあったおおきな風呂敷をさっと取り除いた。

「道場訓ですか」

見るなり足立太郎松が言った。

岩倉道場の壁に掲げられていたのと、まったく同文のものが掛けられていた。

冒頭の「礼節を以て旨とすべし」に始まり、「私闘に走りし者は理由の如何(いかん)に拘らず破門に処す」まで十三項目である。しかも一字一句ちがっていなかった。先日、鶴松は真剣な目で見入っていたが、すっかり頭に入れてしまったのだろう。

「変更は、追加とか削除はされなかったのですね」

幸司がそう言うと、鶴松はおおきくうなずいた。

「変える要を感じなかったのでな。簡潔に実によく纏められておる。削るとか書き加えるとか、あれこれ考えたが、書くべきことはすべて書かれ、意味のないことは一つも書かれてはいない」

父の源太夫は、師匠日向主水の道場にあったものを、そのまま使うことにしたと言っていたが、幸司は鶴松や学友たちには黙っていた。

「しかし西の丸や岩倉道場ではともかく」と、松並千足が首を傾げた。「ここでは十三番目の、私闘に走りし者はの項は要らないのではないですか。師匠がおりませんし、入門がないのですから破門があろう道理がありません」

「もっともだ。それについて考えなんだ訳ではない。しかし、武士として当然心得ておかねばならんことなので残しておいた。つまり道場訓という名の心構えであるからな」

言われてみればわからぬことはない、という顔で学友たちはうなずいた。

「ゆえに稽古着に着替えたら、大声で唱えることにした。ではやってみよう。一つ、礼節を以て旨とすべし」

学友たちは、しかたないかという顔で唱和した。

「声がちいさいのでやり直す。一つ、礼節を以て旨とすべし」

ちいさければ鶴松が何度でも繰り返しそうなので、学友たちは声を張りあげた。

「どうだ。清々しい、実に爽やかな気分になっただろう。では始めよう」

その日は結局、投避稽古中心になってしまったのである。

鶴松と太作は南側の武者窓の下で、十分な距離を置き、片方が投げてもう一方が避け、五個ずつ交互に繰り返した。ところが地稽古や掛かり稽古をしているほかの者の目が、どうしてもそっちに行ってしまうのである。

「いかがいたした」

鶴松に問われても、正直に答える訳にはいかない。

「あ、いえ、べつに」

うっかりそちらを向いて答えた太郎松は、千足に「隙あり」と打ちこまれてしまった。

それを見て鶴松は苦笑した。

「稽古に身が入らぬのであれば、我慢せずに見てもよいぞ」

「ではありますが」

「見るも稽古と申すくらいだから、遠慮せずに見るがよい。真剣に見ておれば、感じることも多かろう」

「そこまで申されますならば」

というほど鶴松は執拗でなかったのだが、渡りに船とばかりその言葉に乗ってしまった。

五個ずつを交互に投げるし、距離は三間というのも丁度よかったのかもしれない。全力で投げられると、間一髪で外せることもあれば、当てられて痛い思いをすることもある。

そして五個単位なので、それぞれが投げ終われば相手を替えたし、組みあわせそのものを替えもした。人の勝負を見ていると次第にわかることもあり、それぞれの癖にも気が付く。やっているうちに次第におもしろくもなり、的中させたときの快感も強まるのだ。

幸司も交替しながら全員と対決したが、鶴松と主税に一度ずつ外された以外、すべて当てることができた。そして自分は、全員のお手玉を一つ残らず外すことができたのである。

「おなじように投げておるのに、幸司はなぜ命中させることができるのだ」

主税が首を傾げたが、全員の思いだったはずだ。

当てられると痛いので、だれもが相手が投げると同時に、上体を反らせて避けようとする。顔を右か左、あるいは下や斜め下に素早く動かすのであった。

「なぜかわたしが投げようとするところに、頭を持って来るのですよね」

「いや、避けたところにかならず飛んで来るのだ」と、主税は首を傾げた。「それより、一つ残らず外せたのはどういうことだ。なぜにそのようなことができるのか」

「それはですね」

言ってから考えたが、言葉では説明できそうになかった。だれもが、それまで見せたこともない真剣さで、幸司を凝視(ぎょうし)している。

なんとかわからせたいと思うし、そのまえに自分自身が納得しておきたかった。ところが、はてなぜにとなると、なに一つとして明快にならないのである。

懸命に考えたが匙を投げるしかなかった。

「なぜなんでしょう」

相当期待していたらしく、だれもが肩を落として溜息を吐いた。

「言えないと思う」と、鶴松が言った。「極意だから人に教えたくない、というのではないのだ。幸司もうまく説明できないのだろう。おそらく体が自然に動くのだな」

幸司は何度もうなずいた。まさに鶴松が言ったとおりで、体が動いてしまうのである。

「ゆえに幸司の域に達したければ、それに負けぬ鍛錬をせねばならんということだ」

学友たちはそれを認めるしかなかっただろう、なぜなら的中させた数を、多い順に見ると次のようになっていたからだ。

鶴松、主税、千足、三之亟、太郎松、太作。

そして避けた数を多い順、つまり当てられた回数を少ない順に見ると、次のようになっていた。

鶴松、主税、千足、三之亟、太郎松、太作。

的中されたのとちがったのは、千足と三之亟が同率となったことだけであった。それは道場での順位とまったくおなじだったのである。

その日は、屋敷の若党が食事の準備ができたと報せに来るまで、だれもが投避稽古に夢中になって時の経つのも忘れていたのであった。

次席家老の九頭目一亀が幸司に見どころのあることを見抜いて起用し、鶴松が幸司を認め、また人柄や考え方に共感したのがおおきかったのかもしれない。

そこに投避稽古という新たな魅力が加わったので、稽古にさらに身が入るようになったのである。

五

竹刀での稽古と雖も真剣のつもりで戦えと、幸司は師匠や兄弟子から繰り返し言われていた。真剣であれば命を失うか大怪我をするのは、理屈ではわかっている。それなのに稽古試合だからとの気持が、どうしてもどこかに出てしまうのだ。

幸司が腕をあげたこともあって、佐一郎との稽古試合がそれまでに増して多くなっていた。ところが激しい撃ちあいをしているあいだ、幸司の頭の中では「真剣のつもりで戦え」との言葉が、常に渦巻くようになったのである。

いつそうなったのかはっきりしないのだが、気が付いたらそうなっていた。しかも佐一郎のときにかぎってであった。ほかの弟子のときには、攻防の激しさは変わらないのに、ふしぎとそうはならないのである。

それが今日はいつになく強烈で、ほとんど殺気と思うほど佐一郎の気迫と攻めは凄まじかった。

打ちこみ、突き、払い、切り返しと、休む間もなく攻撃を繰り出すのだ。もちろん幸司も防戦一方ということはなく、反撃し、一瞬の隙を逃さず攻め掛かる。

二人は気付きもしなかったが、途中からすべての弟子が稽古を中断して見入っていた。それほど激しい戦いだったということだろう。

「そこまでにしておけ」

佐一郎が胴を決めたとき源太夫が言った。

尺扇を手に二人を立ちあわせている訳でもなければ、終始見ていたということもない。いつものように背筋を伸ばして見所に坐り、正面に目を遣りながら道場全体を感じていたのである。

防具の面の、物見と呼ばれる隙間から相手を見て、佐一郎と幸司は目顔で打ち切ることに同意した。

佐一郎が六対四で辛うじて面子を保ったが、本人はまるで敗者のような表情である。幸司は幸司で、やはり不満を隠すことができないでいた。半年まえの幸司なら、佐一郎とこれだけ戦えたのだからと満足したかもしれないが、五分に持ちこめたはずなのにとの気持のほうが強かった。

あと二戦やれば五分に、三戦なら逆転できたはずだ、くらいの気持で幸司はいた。だが気持はそうであっても、体は限界に達していたのである。稽古着は汗でぐっしょりと濡れて色が変わり、肌に貼り付いて、鎖帷子を着こんだようであった。

幸司はもぎ取るように籠手を外し、面紐を解くなり、両手で頭から面を抜き取った。すぐに胴紐を解いて、胴台を取り外す。

それだけで全身が一気に軽くなり、肌と稽古着、そして防具のあいだに充満していた水気が、一斉に蒸発するように感じられた。

幸司と佐一郎は先を競って道場を飛び出すと、井戸端に走った。

釣瓶で水を汲みあげると、幸司は両手をあわせた佐一郎の掌に水を注ぐ。それを貪(むさぼ)り飲んだので注ぎ、二度三度と注いでやった。今度はその逆で、佐一郎が幸司に注いでやる。出た汗に負けぬほどの水を飲むと、ようやく一息吐いた。すぐに稽古着を脱いで下帯一つになった。

手拭(てぬぐい)で汗を拭うが、たちまち重くなってしまう。小盥(こだらい)を並べると、釣瓶で汲んだ水を満たして手拭を浸(ひた)した。しかしそれを濯(すす)ぎはしない。二人が交替で、釣瓶を井戸に落とし、汲みあげた冷水を肩から浴びる。

何度それを繰り返しただろうか。さすがに汗は洗い流され、ようやくのこと収まった。

二人は盥で濯いだ手拭をよく絞って、全身を拭き浄(きよ)めた。

そのままそよ吹く風に肌を任せていたいが、火照(ほて)っている筋と肉を冷やしてしまうと柔軟さを失い、硬く脆(もろ)くなる。もう少しこうしていたいとの甘えを押し遣って、着物を着たのであった。

濠(ほり)の向こうの組屋敷の屋根の並びや、その先にある大麦や小麦を刈り取った田畑、さらに南に横たわるなだらかな山並みを見ながら佐一郎が言った。

「それにしても、自信というものは大したものだな」

稽古が終わればおなじ道場の弟子同士で、しかも肉親である。いつもなら砕けた遣り取りになるはずであった。ところが先ほどの殺気立った戦いのこともあってか、つい身構えてしまう。

幸司もまた相手の顔を見ず、遠くに目を遣ったまま訊いた。

「なにがでしょう」

「鶴松さまの学友か指南役か知らんが、稽古相手に選ばれてからというもの幸司は変わった。悩みかそれとも迷いか、それがなくなったのであろうな、見ちがえるほど安定してきた」

「そうでしょうか。自分では迷ってばかりいて、むだな動きをしてしまうので、じれったくてならないのですが」

それには触れずにしばらく黙っていたが、やがて佐一郎が言った。

「なぜに幸司が選ばれたのであろうか」

やはり拘っているのだ、と幸司は佐一郎の鬱屈の理由を、垣間見た思いがした。本人はどうにも納得がいかず、それが蟠りとなって、殺気を帯びた攻撃になったのかもしれない。

「なぜに、と申されますと」

「御家老が道場にお見えになり、弟子たちの稽古をご覧になられ、稽古相手にわしと幸司を選ばれた。御家老は故意に隙を見せたが、わしはそれに乗じることをせなんだ」

「だが、わたしは一瞬の隙を衝いて籠手を取りました。ですが、そんなことで決まったのではないと思います」

「では、なんで決まったと思うのだ」

「わかりません」

佐一郎はかなりの間を置いてから言った。

「自惚れる訳ではないが、力はわしが上だと思っている」

「もちろん、わたしもです。現に今日の勝負も六対四で負けました」

「数字では差が出たが、わしは互角だったと見ておる」

それについての見解が聞けると思ったのだが、佐一郎は口を噤んでしまった。

話題が話題だけに、沈黙が次第に重くのしかかる。

互角と思っていると佐一郎は言ったが、それが本心でないことは、そのまえに、力はわしが上だと思っていると言ったことからも明らかだ。つまり実力でなく、ほかの要素が左右したはずだとの思いが強いのだろう。

「おそらく」と、佐一郎の沈黙に耐えかねて幸司は言った。「わたしが鶴松さまと、おない年だからだと思いますが」

「であれば、最初から幸司だけを稽古相手に指名すればよかろう。わしと幸司を指名する意味が考えられない。ゆえにだ、実際に立ちあってから決められたと判断するしかないのだよ」

「だとしても、そんなことは訊けませんし、訊いても教えてくれないでしょう」

「師匠は、父上はそういうことについては」

「話してくれる訳がありません。五日に一度の割で御家老家の道場に出向き、鶴松さまとご学友の剣のお相手をするように、とそう言われただけですから」

「まあ、息子には言わんだろうな」

含みのある言い方が引っ掛かったので、つい佐一郎を見てしまう。

「どういうことですか」

またしても長い間があったが、佐一郎は妙な笑いを浮かべた。どことなく、やけっぱちに感じられぬこともない。

「聞くところによると、師匠、幸司の父上は藩政に多大な貢献をされたとのことだ。御家老は十分にそれを心得られておられる。しかも御中老の芦原さまとは、古くからご昵懇らしい」

「ちょっと待ってください、佐一郎さん。それではまるで、裏から手を廻したということになるではありませんか」

「そんなことがあろうはずがない」

「当然でしょう」

「わしだってそう思いたい。ただし、ちらほらと厭(いや)な噂(うわさ)が耳に入って来るのでな。たしかに一人だけならともかく、わずかなあいだに二人となると」

「噂ですか。どのような」

だが佐一郎は黙ったままであった。

なるほど父はこのことを言っていたのか、と幸司は自分や母があまりにも楽観的でありすぎたことを、思わずにいられなかった。

次席家老九頭目一亀の屋敷からもどった父源太夫は、幸司に鶴松の稽古相手をしてもらいたいとの相談を受けたと言ったのである。相談とはいっても実際は命令であった。一亀は候補を探しに岩倉道場に来て、幸司と佐一郎の二人と手合わせし、幸司に白羽の矢を立てたのだ。

龍彦の長崎遊学が決まってわずか半年ほどで、今度は幸司が御家老の嫡男鶴松の剣の相手に選ばれた。一つでも大変な名誉なのに、二つも続いたとなると、なにかべつの力が働いたと考える連中もいると思われる、と源太夫は言った。

「でもそれは、龍彦にも幸司にも御家老さまのほうからお話が」

母のみつがそう言ったが、幸司にしてもおなじ思いであった。だが源太夫は首を横に振った。

「そんなことはだれも知らぬ」

だからなにかあったにちがいないと思われてもしかたがない、と源太夫は言った。そして続けた。

「幸司にとっては非常に名誉なことであって、誇りにこそすれ後ろめたく思うことは露ほどもない。ただ自慢するなど以ての外だし、ましてや弁解と取られるような話し方をするのは論外だ」

好意的に見てくれている人ばかりではないのである。

問われれば事実を簡潔に述べ、胸を張って毅然としていなければならない、と幸司は思った。挑発めいたことを言われても、無視するようにしよう、と心に決めたのである。

あれこれと思いもしないことを言う者もいるだろうと父は言ったが、それを身内の佐一郎から聞くことになるとは、幸司は思ってもいなかった。

しかし身内だからこそ口にできたのかもしれない。なぜなら、ほかの弟子は心でそう思っていても、道場主の息子に話す訳にいかないからである。

おそらく佐一郎は、かれが幸司に話した噂を実際に耳にしたのだろう。噂話に託け、自分の思いを吐露した訳ではあるまい。

人とは厄介なものであるなと、しみじみと幸司は思った。

となると、だれもが一目置くだけの腕前になるしかない。そしておこないや考えの面からも、あの人ならとの思いを持って見られるようにならねばならないのである。

木鶏。

突然、その言葉が頭の中で鳴り響いたような気がした。

次席家老九頭目一亀が騎馬で岩倉道場に来たとき、弟子たちに源太夫との初対面の折の話をしたことがあった。御蔵番の組屋敷に源太夫を訪れた一亀は、軍鶏を見せられて「なんと美しい鶏だ」と言ったのである。それに対して源太夫は、たったひと言「軍鶏」と言った。

「わしが鶏と軍鶏の区別が付かぬほど無知であったとしても、軍鶏、のひと言はなかろう」

そう言って一亀は弟子たちを笑わせた。

「強い軍鶏は美しく、美しい軍鶏は強い」

源太夫がそう言ったとき、一亀が一羽の軍鶏を示して、「であるなら、その軍鶏は強かろう」と言った。一亀にとって初めて見る軍鶏は、どれも美麗に見えたようだ。それに対して源太夫が「未だ木鶏たり得ず」と答えたため、のちに源太夫の渾名が木鶏となったのである。

木鶏の意味がわからなかった幸司は、まだ健在だった権助に意味を訊ねた。

「木で彫った鶏、といいますか軍鶏です。木彫りの軍鶏は動きません。なにがあろうとまったく動じない、鶏合わせ（闘鶏）で最強の軍鶏ですね。人にしてもおなじではないでしょうか。本当に強い人は、大抵のことには動じませんから」

忠実な下男はそう教えてくれた。だが源太夫の渾名が木鶏だと言わなかったのは、幸司がなぜ木鶏の意味を訊いたのかを察したからにちがいない。

「答えていただかなくても結構ですよ」と、幸司は口を噤んだままの佐一郎に言った。「どうせ噂なんですから」

佐一郎から憂鬱になることを話し掛けられたが、却ってそれでよかったのだと幸司は思った。一部ではあるとしても、世間が自分たちをどう見ているかが、明らかになったからだ。それを知らずにいることと、知ったことのちがいはおおきい。

これまでもそうしてきたつもりだが、これからはさらに毅然と生きねばならないと自分に言い聞かせたのである。

そのためには鶴松やその学友たちとも、一定の距離を保ち、付かず離れずで接するべきだとの気持を強くした。

となると、鶴松には話さなければならないことがあったのである。

六

その日も稽古で汗を流すと食事が供されたが、食べ終わった学友たちはそれぞれ予定があって帰って行った。

「最初の日以来だな、二人だけで茶を喫するのは」

鶴松と学友たちの剣の相手をするために、次席家老の屋敷に通うことになった、初日のことを言っているのである。

どの程度の力量かを見るため、幸司は鶴松と目黒三之亟に稽古試合をやらせた。そして鶴松が手加減しているのを指摘し、続いて鶴松と手合わせしたのである。それを見ても鶴松が手抜きして適当に捌いていたのがわからぬ三之亟を、幸司は一撃で倒してしまった。

稽古が終わると食事が出されたが、新しく参加した幸司の容赦（ようしゃ）なさもあって気まずい思いをしたらしい。食べ終わるなり一人帰り二人帰りして、鶴松と幸司だけが取り残されてしまったのである。

幸司が目を覚まさせてくれた、本来であれば自分が三之亟を叩きのめすべきであったのだ、と鶴松は本心を吐露した。その後もなにかと話し、二人は心を通わせることができたのであった。

二回目の稽古の折、二刻をともに過ごした学友たちは、幸司の真剣さと、だれに対してもきちっと接する誠実さがわかったらしい。次第に打ち解けるようになった。

かならずしも全員がそろう訳ではないが、近ごろではだれもが食後の談笑を楽しみにするようになっていた。

「そう言えば初日以来になりますね。あの日は、鶴松さまを困らせてしまったのではないかと、少しですが反省しておりました」

「少しというのがいかにも幸司らしいが、反省していたとは意外だ」

「それまでの稽古の進め方がどのようであったかを知らずに、勝手な振る舞いをしてしまいましたから」

「あれがよかったのだ。連中の背筋が一日でピンと伸びた。なに、みんな馬鹿でもなければ、向上心がない訳でもない。ただ、だれだって、できることなら楽をしたいと思うからな」

「三月（みつき）、いえ四月（よつき）目に入りましたが、どなたも上達がお早いので驚かされています」

「一番驚いているのは連中だろうよ。やればできると気付いたら、一気に伸びることがあるからな。幸司の教え方がいいのだろう」

「そんなことはないと思いますが」

「いや、言われたことが、一つ一つ腑（ふ）に落ちると連中が言っておった。でなきゃ急激に腕はあげられん」

　であれば、と幸司は思った。まえまえから鶴松に話したいことがあったのだ。

「いかがでしょう、鶴松さま。そろそろ西の丸の道場に行かれましては」

鶴松はまじまじと幸司を見た。なぜそう言ったかに思いを巡らせたのだろう。

「ともに剣を学ぶ学友として、父が幸司を選んだのだぞ」

「ですが御家老さまがなぜそうなさったか、おわかりなのでしょう」

目が泳いだ。幸司の言わんとしたことに、気付いているからだ。

「御家老さまは、西の丸の道場に通ってほしかったのだと思います。お屋敷に立派な道場があるのに、なにもわざわざ西の丸に通わなくても、との学友のみなさんの声に押し切られたのではないですか。西の丸で通用するのは鶴松さまだけ。いえもうお一人、瀬田さまも恥を掻かずにすむと思いますが」

「うーむ」と、鶴松は唸り声をあげた。「そう申すからには幸司にはわかってお

ろう。理由は幸司の言ったことにある」

「恥を掻かねばならない人たちが、おいでだからですね」

鶴松は黙ったままである。

「今でもそうでしょうか。稽古まえに全員で素振りをすることにしましたが、最初はわずか百回で、次の日に腕があがらないという方もおいでてでした。それが二百回、三百回、四百回となりましたが、今では難なく熟しておられます。それば

かりか、ほとんどの方がご自分のお屋敷の庭でもなさってるそうです。素振り本来の意味に気付き、それが必要な基礎的な体力を付けることが、おわかりになっ

たからでしょう」

「それまでは、剣を学べる体ではなかったということか」

「角力（すもう）とおなじかもしれません」

「どうして角力なんだ。話が飛んで意表を衝く。幸司の話の進め方は、剣とおなじだな。なにを考え、次はどう来るのか、まるで読めない」

「そんなことはないでしょう。父や東野（とうの）さまには、簡単に読まれているのがわかります」

「東野、……ああ、父が中老芦原の懐刀（ふところがたな）と言っていた、東野弥一兵衛（やいちべえ）だな」

「まるで鶏合わせ。あッ」と、幸司は思わず声をあげていた。「鶴松さまはまだ、鶏合わせをご覧になったことはありませんね、闘鶏を」

「ない。岩倉道場を訪れた折、籠（かご）に入れられた鶏は見たが」

「鶏ではなくて軍鶏」と言ってから、幸司は噴き出した。「親子でございますね」

「また、話が飛んだ」

「御家老さまが、御蔵番時代の父の組屋敷を訪れられ、軍鶏をご覧になって」

「鶏と申したのだな」

「それより鶴松さま、一度、鶏合わせをご覧ください。動きの速さと闘い方の多彩さに、驚かれると思います」

「幸司の父が、鶏合わせから秘剣を編み出したことは存じておる」

「でしたら、是非とも。父は十日か半月に一度、鶏合わせの会をやっておりまして、園瀬中の軍鶏好きが集まります。父の弟子だけでなく、商人や職人、近在のお百姓が精魂込めて育てた軍鶏を連れて来ます。一羽一羽の闘い方がちがいますから、見ているだけでも楽しいですよ。それにこちらは父の趣味ですので、許可を得なくても自由にご覧になれます」

「そのうち見せてもらうとしよう」

「話が横道に入りましたが、角力の話でしたね」

「おお、そうだった」

「角力取りに憧れても、ほとんどの者は体ができておりません。そんな状態で力士と稽古をすれば、大怪我をしてしまいます。ですから師匠は、ひたすら四股を踏ませるとのことです」

「しこ……」

「交互に足を高く挙げて、大地に踏みおろします。もともとは大地の邪悪な霊を踏み鎮める神事だとのことですが、厭きることなくそれを繰り返させるそうです」

「すると、角力を取るための体になるということか」

「そのとおりでございます。そこで初めて、稽古に入れるそうです」

幸司は故意に言葉を切った。鶴松は黙って考えている。

「素振りを続けて、ようよう稽古に入れる体になったということか」

「御家老さまがお望みでしたが」

「西の丸の道場に、行けるようになったということだな」

肯定（こうてい）はしないほうがいいと思った。

「幸司もいっしょにか」

「わたしはまいる訳にはいきません」

鶴松はしばらく考えてから言った。

「もう、来ぬということではないだろうな。わしらとの稽古を打ち切ることになったと」

「いえ、これまでどおり五日に一度、こちらにまいります。ですのでそれ以外の日に、鶴松さまとご学友の皆さまで行かれてはいかがでしょう」

西の丸の道場は上位の藩士のためのもので、弓場と馬場も併設されている。鎗（そう）

術、剣術、弓術、馬術の師範が指導しているので、幸司が行く訳にはいかない。

「西の丸では、あちらの師匠に従ってください。わたしとちがった考え、指導法もおありでしょうから、得ることが多いと思います」

「連中がなんと言うかだが」

「腕を撫しておるのではないですか。なにしろここではいつも顔触れが決まっていますから、考え方のちがう人は刺激になります」

「かもしれん。ま、渋ってもむりに連れて行くさ」

そんな遣り取りがあった五日後に幸司が道場に着くと、鶴松はすでに稽古着に着替えていた。どうやら幸司が来るのを、待ち兼ねていたようである。

「西の丸に稽古に出掛けたというだけで、父に褒められてな。行った日の夜にだ。それにしてもなんで知ったのだろう」

西の丸の師範から連絡が行ったからに決まっているが、そんなことには気が廻らないらしい。そもそも幸司が学友の名目で稽古相手をするようになったのも、鶴松が学友にそそのかされて西の丸に通わなくなったことを、師範が報告したからであった。

その鶴松たちが西の丸に行って稽古に励めば、師範から次席家老の一亀に連絡が行くのは当然のことだろう。連絡だけでなかったはずだ。

「師範が目を丸くして驚いていたそうだ」

「鶴松さまたちが、久し振りに出掛けられたからでしょうか」

わかっていながら、幸司は鶴松に言わせたのである。

「別人のようになっていたからだ。と申して強くなったからではないだろう。箸にも棒にも掛からなかった連中が、なんとか指導する価値がある状態になっていたというだけだ」

さすがに鶴松にはわかっているようだ。

「わずかな期間でなぜこれまでにと、師範の驚きようが滑稽だったので、父は幸司が稽古仲間に加わったことは黙っていたそうだ」

藩士のだれかから情報は入るだろうから、家老の一亀が黙っていても、幸司が家老屋敷の道場に通っていることを、師範が知らぬ訳がない。

その師範が驚いたということは、裏返せば最初のときがあまりにも酷かったということだ。

「だからわしも師範が驚いていたことは、みんなには黙っているつもりだ。幸司も黙っていてくれよ」

「話せばみんなは大喜びでしょうが、ここは我慢して黙っていましょう」

目標を木鶏と決めた幸司が、そんな些事に拘る訳がないではないか。

「おはようございます。お二人は今日もお早いですな」

声を掛けて入って来たのは、瀬田主税であった。

若軍鶏（わかしやも）

一

源太夫は雨が降っていなければ毎日のように、午後には庭で鶏合わせ（闘鶏）か若鶏の味見（稽古試合）をやっている。しかし見学であれば、十日か半月に一度開催している鶏合わせの会がいいでしょうと、幸司は鶴松に言っておいた。なぜなら藩士だけでなく、園瀬の里の職人や商人などの軍鶏好きが集まるからだ。多彩な軍鶏の、さまざまな闘い振りが見られる楽しみがある。

筵を二枚縦に繋いで丸めて立てた空間を、角力に見立てて土俵と称していた。以前は参加する者がかぎられていたので、軍鶏を闘わせる土俵は一組で十分であった。ところが評判を呼び、参加者が次第に増えてきた。

鶏合わせは制限時間を設けてやっていて、ひと勝負が四半刻（約三〇分）から半刻（約一時間）が多い。愛好家が集まる会ではかなりの数の勝負がおこなわれるので、とても足らなくなって、今では三組の土俵を用意していた。

「いいときに来られました」

幸司がそう言いながら出迎えると、学友たちと連れ立って門から入って来た鶴松が笑顔で言った。

「丁度始めるところであったか」

幸司に訊きながらも、鶴松は源太夫と、そして顔見知りの藩士たちと目礼を交わした。

「いえ、今日を最後に、しばらくのあいだ鶏合わせは休みます」

「なぜに」

「換羽ですので」

「鬚の大将といかなる関係があるのだ」

そう訊いたのは松並千足である。

「美髯公の関羽とは、なんの関係もありません」

『三国志』の英雄と混同した千足だけでなく、ほかの学友も訳がわからないという顔をしている。むりもない。かれらは軍鶏についてなに一つとして知らないのである。

幸司は鶴松と学友たちに簡単に説明した。

軍鶏は夏から秋に掛けて翼や羽毛の一部が抜け落ちて新しく生え変わるため、その間は鶏合わせを中断して休ませる。丈夫で艶やかな羽根にするには、餌に砕いた貝殻やぶつ切りにした小魚を加え、たっぷりと栄養と休養を与えねばならないからだ。

「ご覧ください、すっかりみすぼらしくなっているでしょう。と言われても、生えそろった鮮やかな羽毛をご存じなければ、わからないですね」

言いながら、幸司は近くの唐丸籠（とうまるかご）の一羽を示した。

猩々茶（しょうじょうちゃ）と呼ばれる赤褐色（せっかっしょく）をしたその軍鶏は、羽毛がかなり抜け落ちていた。特に胸前から腹部に掛けては抜けがひどく、ブツブツした鳥肌が剝（む）き出しになっている。また細くて長い蓑毛（みのげ）と呼ばれる頸（くび）の毛も、抜けたり途中で折れたりして皮膚の一部が見えていた。

「自然に抜け落ちるものもありますが、激しい鶏合わせで抜けるのです。闘わせますと、軍鶏は体をぶつけあいますし、相手より少しでも高く跳びあがって、鋭い爪で攻め続けますので、羽根が飛び散ります。夏のこの時期に、抜けたり折れたりした羽根が少ない、美麗なままの軍鶏は、真に強いということがわかります。攻めが早く、相手の攻撃をすばやく躱（かわ）せるので、羽毛を損ないません」

説明しながら、失敗だったなと幸司は思った。会のある日ではなく、普段の日に来てもらうべきだったのだ。

まったくの無の状態から軍鶏と闘鶏を理解してもらうのは、至難だと思い至ったのである。

例えば羽毛の色にしても、ありふれた猩々茶だけではない。烏と呼ばれる漆黒、あるいは黒を基調としたもの、白に薄緑が混じった白笹あるいは銀笹、比率良く白と黒の羽毛が混在する碁石などがあることを、じっくりと見せておくのであった。

また軍鶏は短くて鋭い嘴で攻撃するが、鶏冠を銜えて振り廻されては致命的だ。そのため胡桃鶏冠と呼ばれる、硬くてちいさなものに変形している。それでも鶏冠に大小や硬軟があって、わずかなちがいさえ勝負におおきく関わるのであった。

脚は太くて逞しく、上半分は羽毛、下半分は鱗に被われている。正面から見て、鱗がきれいに三列に並んだものを三枚鱗と呼ぶ。滅多にいないが、体の均衡が取れているからこそで、動きが敏捷で敵の猛攻にも体勢を崩すことがない。

そのため本番の観戦のまえに、軍鶏や若鶏を気のすむまで見てもらうべきだったのである。そして闘い方、勝負の取り決めなどの、基本的なことを知ってもらうのが先であった。

もっとも説明なしのぶっつけ本番となると、幸司が思いもしなかった発見があるかもしれず、それはそれなりに楽しみであった。

「みなさんおそろいになられて、用意もでけましたけん」

軍鶏の世話を取り仕切っている亀吉がそう言ったので、源太夫はうなずいて立ちあがった。

「それでは始めたいと思う。換羽期に入ったので、今日を最後に二ヶ月あまり鶏合わせの会はおこなわない。予め報せたように、本日は線香一本分の勝負に適う軍鶏を持ち寄ってもらった。ではいつもどおり、籤によって取り組み相手を決めたい」

線香一本とは、線香が燃え尽きるまでの四半刻で決着できるかどうかを競う勝負であった。

亀吉が上部に拳を入れられるほどの丸い穴を開けた木箱を差し出すと、集まった軍鶏の飼い主たちが、神妙な顔で腕を突っこみ、紙片を取り出す。

「みなさん、引き終わりました」

亀吉にそう言われた中藤晋作は、矢立から筆を取り出すと控えの帳面を開いた。岩倉道場の弟子だが、軍鶏を見る日があるので、いつしか記録を執る担当になっていたのだ。

「一番は、どなたとどなたですかな」

おなじ番号が二枚ずつあり、それを引いた人物の軍鶏を対決させる。

晋作が番号を確認して飼い主と軍鶏の名を控え、三つある土俵を順に指定してゆく。以前の勝負を見てきた者は、飼い主と軍鶏の名を憶(おぼ)えていた。そのため、自分が気に入った軍鶏の勝負を見ようと、ぞろぞろと中藤の指定した土俵に移動する。

軍鶏を飼ってはいないが、軍鶏好きな藩士も多い。屋敷の庭で飼いたくても家族、特に妻の反対で飼えない者もいるのだ。

いよいよ鶏合わせが開始された。

唐丸籠に入れておいた軍鶏を取り出すのだが、両手で背後より、翼から胸に掛けて抱えるようにして摑(つか)むと、なんら抵抗をしないのである。

軍鶏は闘いで体温があがっても汗を掻(か)かないので、闘わせるまえに嘴を押し拡げて土瓶の水を流しこみ、体を冷やしておく。そして口に含んだ水を、顔や頸などに霧状に吹きかけた。それらはすべて筵の土俵の蔭(かげ)でおこなった。

そして背後から摑んだ軍鶏を持って立ちあがると、敵手も土俵の反対側で立つ。そのとき軍鶏は初めて自分の相手を見て、体を捩ってもがくが、摑まれているので自由が利かない。尖った爪が激しく空を掻く。

飼い主が軍鶏を興奮させるために、相手に目を向けたまましばらく睨みあいをさせ、それからゆっくりと地面におろした。

大地に脚が着くなり、二羽は同時に跳びあがる。頭と爪を前方に突き出して「く」の字になり、相手の顔をねらって嘴を、そして鋭い爪で頸や胸を攻めるが、そのたびに羽毛が飛び散るのであった。

何度でも跳躍して攻撃する軍鶏には比較的小柄なのが多く、長い首を絡ませながら上体を押し付けるのは大柄なやつだ。体力で圧倒して敵を疲れさせるのである。

相手の攻めるに任せながら、ひたすらそれを躱し続ける軍鶏もいた。攻め疲れて動きが鈍るのを待ち、一瞬の隙を衝いて倒そうとの作戦なのだろう。

初めて闘鶏を見る鶴松と学友たちの興奮は、凄まじいものがあった。だれもが目を見開いて、喰い入るように見ている。かれらは三つの土俵に分散せず、全員がおなじ闘いを見ていた。

鶴松と学友たちは、攻防にあわせるように体を左右に揺すり、思わずというふうに首を竦める。ほとんど軍鶏になり切っているにちがいない。ときに呻き、そして溜息を漏らす。「おッ」と、思わずというふうに声を出すこともあった。

「いかがですか、鶴松さま」と、幸司は水を向けた。「剣の道にも、通じる部分があると思われませんか」

「通じるなんてものではない」と、鶴松はつぶやいた。「剣の道そのものだな。考えてみれば当然だ。軍鶏にすれば生死に関わるのだから。えッ」

　鶴松が驚いたのは、敵の頸の振りと脚の蹴りを掻い潜るようにして、小柄なほうが脇に体を密着させたからだ。狼狽してもがく相手にくっ付いたまま、後頭部を激しく嘴で攻め続けた。

　相手は頸を振るのだが、ただ振るだけで攻めにも護りにもならない。嘴の連打がさらに激烈になった。

「コー！」

「勝者は松井どのの雅楽桜」

　中藤が飼い主と軍鶏の名を宣した。

「悲鳴をあげましたので、おおきなほうの負けです」

　幸司が鶴松たちにそう言うと同時に、亀吉が二尺（約六〇センチメートル）幅の板を土俵に挿し入れて二羽を分けた。

軍鶏は潔い鳥で、勝敗が決すると勝者はそれ以上敗者を攻撃しない。亀吉が板を入れたのは、飼い主があとの作業をしやすくするためであった。

飼い主が、それぞれの軍鶏を摑んで唐丸籠に移す。

「軍鶏の負けには三つありまして」と、幸司は説明した。「土俵から逃げ出す。戦意を喪失して蹲る。悲鳴をあげる、となります」

「土俵から逃げるたって、囲いの中で闘っているのだからそれはできまい」

解せないという顔をしたのは、瀬田主税であった。

「まずありませんし、わたしも二度見た切りですが、筵を斜めに駆けあがって逃れようとするのです」

「しかし、軍鶏が悲鳴をあげるとは」

これは目黒三之亟であった。

軍鶏は滅多に鳴かないが、まるっきり声を出さない訳ではない。

鶏を、闘うためだけの喧嘩鶏に改良したのが軍鶏なので、鶏らしく朝には時を告げる。また気分がよければ、「ルルル」あるいは「ロロロ」と咽喉を鳴らすことがあった。

そして三つ目が、「コー」または「クー」との悲鳴であった。

大抵の軍鶏はふらふらになっても闘い続けるが、どうしても敵（かな）わないとなると蹲るのが普通である。悲鳴を挙げる軍鶏はまずいなかった。

「みなさんはとても珍しい勝負を、ご覧になることができたのですよ」

中藤晋作が手控えの帳面に、勝敗と決まり手、この場合は「悲鳴」と書き入れ、次の番号の取り組みに移った。

ともかく驚きの連続で、となると幸司への質問が多いだろうことは察せられた。次の九頭目（くずめ）家での集まりの関心は、闘鶏に集中するにちがいない、と幸司は思った。稽古を中止して、軍鶏と闘鶏についての質問が、矢継ぎ早に発せられるのではないだろうか。

その興奮振りからすれば、軍鶏を飼いたい、闘鶏をやりたいと言い出す者がかならず現れるだろう、とそんな気がしたのである。

軍鶏の雌（めす）は一度に八個から十個を抱卵する。胸が厚く足が太くて長い割に翼が短く、ほとんどの雌は卵を孵（かえ）すことができないので、矮鶏（ちゃぼ）に抱かせることが多かった。こちらは軍鶏とは反対に、脚は短いが体に比して翼がおおきく、たくさんの卵を抱くことができるからだ。

ところが孵化した雛の一、二羽でも残せればいいほうであった。強い軍鶏は滅多に現れない。若鶏を育てながら、見切りを付けた段階で処分するのである。処分は権助の役目であったが、亡くなったために亀吉が引き継いだ。雛や若鶏なので世話する期間は短いが、それでも処分となると心が痛まずにおかない。

権助は軍鶏に興味を持っている源太夫の弟子や見物人に、上手に薦めて飼わせるように仕向けた。権助の弟子なので、亀吉も師匠に倣っておなじようにしていた。

しかし残さない軍鶏のすべてが駄鶏という訳ではなくて、源太夫が迷った末に手放した中から良鶏も育つ。軍鶏にも早熟と晩熟があり、人に譲った雛や若鶏がのちになって能力を発揮することも稀にあった。

鶴松や学友のだれかが軍鶏を飼いたいと言っても、家族の反対などで簡単にはいかないかもしれない。しかし、どうしても飼いたいという気になれば、亀吉に任せず自分がやるべきだ、と幸司は思った。

勝負が終わると軍鶏飼いたちは、唐丸籠を小型にしたような籠に愛鶏を入れて帰って行く。亀吉が飛び散った水滴で濡れた筵を拡げて乾かし、鶏合わせに使った線香と線香立て、土瓶などを片付け始めた。

夕刻が迫っているので、鶴松と学友たちも家路についた。

ところが、一人だけ帰らない男がいた。

亀吉は鶏合わせの途中から気付いていたが、その男はどうやら見物人のようではなかった。二十代半ばぐらいだろう。武家ではないが、町人や職人とも思えない。着物もちゃんとしていた。

だれもいなくなったのに、その男は居心地が悪そうに突っ立っている。

片付けが終わったので、亀吉は男のほうに近付いて行った。

二

「なんぞ用で」

「こっちは、岩倉はんの道場やな」

「ほうやけんど」

男は安堵したようでありながら、同時にいくらか顔を強張らせもした。それを見て亀吉は、サトを離縁した百姓だと見当を付けた。嫁して三年しても子を生さなかったサトは、飛び出すしかないように姑に仕向けられ、追い出されたらしいのである。

詳しくは知らないが、亀吉はそのくらいのことはわかっていた。

「だったら、サト言う女子が世話になっとるはずやけんど」

やはりまちがいないと亀吉は確信した。

「どなたはんですかいな」

いるともいないとも言わずに、亀吉はそう訊き返した。

「梅田村の太兵衛と言いますけんど」

花房川の上流に袋井村があり、梅田村はさらにその上流に位置していた。

園瀬藩は西側を屏風のような山並みに遮られているが、その傾斜地といくつもの狭い盆地が集まった一帯が雁金村で、裾野に梅田村がある。以前、かなり広い沼があり、それを灌漑して水田化したので、「埋め田」あるいは「埋めた地」と呼んでいた。いつからか、梅田と字を当てるようになったとのことだ。

「どんな用で」

終始無愛想な亀吉の対応に、下男のくせにと思ったのかもしれない、太兵衛はいくらか硬い表情になった。

「と言わはるからには、おるゆうことや思いますけんど」

「いや、わいはどんな用があるんか、訊いただけですわ」
「本人に会わせてくらはりますで、ほしたら話します」
「おらん言うたら、帰らはりますか」
「おらんとは思えまへん」
「わいが信じられんので」
「信じたいけんど、そっちが喧嘩腰ではほうもいきまへんわ」

押し問答をしていると、「あッ」とちいさな叫びが起きた。

亀吉と太兵衛が同時に声のしたほうを向くと、母屋(おもや)と仕切った生垣(いけがき)の柴折戸(しおりど)を押し、目を見開いたサトがあわてて口を手で押さえた。二人に見られたサトは、身を翻(ひるがえ)して母屋に駆けこんだ。

太兵衛がすぐあとを追う。亀吉は駆け出そうとして、辛(かろ)うじて踏み止まった。

裏庭であわただしい足音がしたと思うと、引き戸を開けて血相を変えたサトが駆けこんで来た。よほどあわてたのだろう、閉め忘れている。さすがにみつは驚いたが、おだやかに窘(たしな)めた。

「どうしました。落ち着きなさい」

「太兵衛はんが、梅田村の太兵衛はんが、うちを追って来よりました」

およそのことを呑みこんだみつは、サトに下女部屋を指し示すと唇に指を押し当てた。部屋に隠れて黙っていなさいとの指示である。

足早に追ってきた太兵衛は、開けられたままの引き戸の向こうで、かすかにとまどったようであった。

「あのぅ、お邪魔しますで」

言いはしたものの、さすがに入ろうとはしない。

「はい。どなたでしょう。遠慮なさらず、お入りください」

「ごめんなして」

一瞬の間を置いて、太兵衛はゆっくりと入って来た。

「突然お邪魔してすまんことですけんど、梅田村の太兵衛と申します。こちらは、岩倉はんのお屋敷ですかいな」

「岩倉でございますが」

「急なことで申し訳ありまへんが、サトを迎えに伺いました」

「どういうことでしょう」と、みつは静かに続けた。「詳しいことは存じませんが、サトは追い出されるようにしてそちらを逃げ出し、わが家を頼ってまいりました。武家の奉公人となりましたので、ちゃんとした理由がなくては会わせる訳にまいりません」

なにか言い掛けて太兵衛が口を噤んだのは、武家の妻を相手にうっかりしたことは言えぬとの気持が強かったからだろう。

みつは急かさずに、太兵衛が話し始めるのを待つことにした。ともかく冷静でなくてはならない。サトから事情を聞いてはいるものの、婚家を逃げ出したからにはよほどのことがあったはずだ。

あるいはサトがみつに話していないこと、都合が悪くて話そうにも話せなかったことがないとは言えない。自分の不都合は打ち明けず、相手の非道を大袈裟に訴えたかもしれないのである。

もちろんみつとしては、そのようなことはあろうはずがないと堅く信じていた。請われて嫁入りするまでの奉公時代の、そして離縁されて途方に暮れて頼って来たサトから、とても考えられることではなかったからだ。

いざとなると迷いが生じたのか、出方次第ではサトに会えるかもしれないとの思いに、心が乱れたのだろうか。太兵衛は今にも喋りそうに口をもぐつかせたが、切り出せないでいた。

「母が死によりまして」

ようやく喋ったのは思いもしないことだったが、そう言ったからには訪ねて来たことと関係があるのだろう。

「そうでございましたか。それはお気の毒さまでした。それでサトに葬殮に出るようにと」

「いや、ほうではありまへん。ほれに四十九日はすませとりますけん」

「先ほど、サトを迎えにと申されましたよ」

「ちょっとした事情がありまして、わいも父も、母のやったことを知らなんだんです」

「ですが、太兵衛どのの母上に呼ばれたサトが離縁を言い渡された席に、たしか太兵衛どのも父上もいなさったと」

「母の考えとることが見抜けなんだんです」

「母上のお考えとは」

またしても長い間があった。

「サトに罪を着せて、家におられんように仕組みよりました。あとでわかったことですけんど」

小作人との密通のことだろうが、みつはまるで事情を理解できないという顔をした。サトは濡れ衣だと訴えたが、義母は小作人をその場に呼んで白状させたのである。

小作人の話したことは根も葉もないことであったが、太兵衛も父親もそれを否定しなかったのだ。それに絶望したサトは、義母の思う壺だとわかっていながら婚家を飛び出すしかなかったのである。

「太兵衛どのがひと言、サトはそんな女ではない、小作人が嘘を言っているのだとおっしゃれば、サトはいくら辛くてもなんとか我慢しようと思ったはずです。ですが、亭主が自分より母親の言うことを信じたとわかれば、そんな家にいられるとお考えですか」

「おられんと思います。ほなけんど事情が変わりました。母は亡うなりました、言うてたことが嘘やったとわかりましたけん」

「嘘とおっしゃいましたか」

「小作人に金をやって、嘘を言わせよったんです。小作人が白状しよりましたけん」

「そのまえにお訊きしますが、サトがこちらにいることをどうしてお知りになったのですか。飛び出したサトを、そのままにしておいたのでしょう」

「いや、そのまま っちゅう訳では」

「サトの実家に、離縁したことを報せたのですね」

「はあ」

「なんと報せたのですか」

太兵衛は唇を噛んでうつむいた。

「言いにくいのはわかります。サトは小作人と不義密通をしたので離縁しました、と言ったでしょうからね。太兵衛どのがサトの実家に伝えたのですか」

「いや」

「お父上が」

「いや」

「となると仲人ですか」

「仲人はあとから頼みましたんで」

「どういうことでしょう。母上のたっての願いでサトを嫁に、との話があったと聞いております。婚儀が決まってから仲人を頼んだので、義理が悪くて仲人には実家に伝えてもらえないということですか。そうしましたら、梅田村の世話役か親戚の方にでも」

「いや」

おなじ返辞の繰り返しに、さすがにみつの表情に怒りが噴き出した。それに気付いた太兵衛があわてて言った。

「使用人頭で」

「使用人頭ですって、そんな大事なことを」と言ってから、みつは冷ややかに続けた。「母上がお亡くなりになってから、サトにもどってもらいたいと実家に伝えたのは、太兵衛どのですね」

「はあ」

「ですがサトはいませんでした。実家にはもどっていません。小作人と密通したと言われては、もどるにもどれませんからね。それでいろいろ訊いたところ、もしかすると嫁入りまえに奉公していた岩倉道場ではないかと。そういうことだったんでしょう」

「はあ」

「それでこちらに来たらサトがいた、ということですね」

「はあ」

「母上の言っていたことが嘘だとわかり、しかもその母上が亡くなられたので、なにもかも解決した。だからどうかもどってもらいたい」

「そういうこってす」

「太兵衛どのはそれでケリがついたつもりでしょうが、だからと言ってサトは、なにもなかったことにはでききんのです」

「なんでですか」

「考えるまでもないじゃありませんか。自分が一生連れ添うつもりでいっしょになった伴侶(つれあい)に、小作人と不義をしたと疑われたのですよ」

「ちがいます。ほんなことがあろうはずがないと、思うておりました」

「ですが、母上にお金をもらった小作人が、嘘の白状をしたときには、黙っていたのでしょう。認めたのとおなじことなのがわかりませんか」

「わかりまへん。あれは母が」

「母上に罪を押し付けて、それですむと思っている太兵衛どのが、サトには信じられんのがわからないのですか」

「なんでですか。母があんなことさえ考えなんだら」

「太兵衛どの」

その剣幕に、太兵衛は思わず身を退いた。

「お帰りください」

「一方的にそんな言い方をされても」

「わたしは太兵衛どのの話次第では、サトに会わせる気でいました。場合によっては元の鞘に収まるよう、説得してもいいと思っていたのです。ですが復縁しても、サトは幸せになれないとわかりました。ですのでお引き取りください」

「そりゃ、なんぼなんでも無茶です」

「無茶はわかっております。ですがそれは太兵衛どのにとっての無茶で、わたしやサトにすれば、太兵衛どののおっしゃることのほうが、何層倍も無茶なのです」

「サトに会わせてくだはれ。サトと話した上で納得すりゃ、黙って退きさがりますけん。本人の顔も見んと、話もせんとは退きさがれまへん」

「会わせなければどうなさるつもりですか。町奉行所に、それとも郡代役所に訴えますか。好きにしていただいてけっこうですよ。こちらは受けて立ちます。それだけでは不十分でしょうから、梅田村の方々にもお知らせして、どちらに理があるか考えていただきましょうか」

太兵衛は目をぎらつかせ、目尻を血走らせてみつを睨んでいたが、足音高く、開けられたままの引き戸から出て行った。

みつはおおきく溜息を吐いた。

三

太兵衛の足音が遠ざかり、聞こえなくなっても、サトは下女部屋から出て来ようとしなかった。襖(ふすま)一枚なので、みつと太兵衛の遣り取りは筒抜けになっていたはずだ。

声を掛けるとサトはようやく姿を見せたが、まるっきりしょげ返っていた。

それを見てみつは思わず言ってしまった。

「出すぎた真似(まね)をしたかもしれないわね」

「いえ、ほんな。追っ払(ぱろ)うていただいて、ありがたいと思うとります」

「途中で思ったのだけれどね、適当なところで切りあげて、あとは二人で話しあってもらうべきだと」

「そうなったらうちは、恨(うら)みつらみをぶちまけて、叫(いが)ってしもうた思います」

「それなのに弾みで、ついあんなふうになってしまって」

「ほなけんど、うちはあれでよかったと、思うとりますけん」

「でも、サトがここに訪ねて来たときとは、事情が変わっていたでしょ」

「いえ、ちっとも変わっとりません」

「落ち着いてちょうだい。成り行きであのようになってしまったけれど、わたしはもっと冷静でなければならなかった。だって、事情がすっかり」

「何度でも言います。ちょっとも変わっとりまへん」

「いえ、変わりました。それも、一番の問題であったお姑さんが亡くなったのだから、重石が取れたもおなじことでしょう」

「太兵衛はんも義父はんも、うちよりも小作人の言うことを信じたんやけん」

「それはお姑さんが、お金を与えて嘘を言わせたからで、なにもわからないお二人は、お姑さんと小作人をまえにして、絶対にそんなことはないとは、言い切れなかったのだと思いますよ」

「ほなけんど、うちはちがうと言うてもらいたかった」

「当たりまえよね」と言ったものの、みつは考えが纏められずもどかしかった。

「ねえ、サト、物は考えようだけど、こう考えたらどうかしら。まともな理由とは言えないことでサトを追い出したお姑さんは、天罰が当たってあの世へと連れていかれた。太兵衛さんとお舅さんは、そんなはずはないと思ったものの、言い切ることはできなかった。だからそれを深く恥じて後悔している。そんな二人が、サトに帰ってほしいと思っているの」

「そうは言われても」

「今度のことでサトがどれほどしっかりした女であるかは、向こうさんはようくわかったはずです。離縁されたときには、実家の親御さんはどれほど哀しまれたか知れません。だけど太兵衛さんがサトさんに帰ってほしいと実家に行ったとき、なにがあったかは話したのだから、娘がちゃんとしていると、本当のことがわかって安心していると思うの。だからね、サトは胸を張ってもどれるのですよ」

にこッと笑ってから、サトはちいさく首を横に振った。

「奉公女のことやのに、そこまで考えてくらはって、奥さまにはなんとお礼申しあげたらええんかわかりまへん。ほなけんど、人の心底ゆうもんは変わるもんではないし、変えられんと思います。今度のことでは、ちょっとは懲りたかもしれまへん。けんど、またなんぞあって、だれぞにあれこれ言われたら、太兵衛はんは心がぐらつくようなお人です。うちは、おんなじまちがいを繰り返しとうないんです」

止むを得ないことだが、サトは頑なになっている。みつが考えを押し付けたら、ますますその度合いを強めそうだ。

「わかりました。この話はここまでにしておきましょう」

「ほな、晩ご飯の支度をしますけん」

行きかけた下女を、みつはさり気なく呼び止めた。

「あッ、それからね、サト。考えが変わるとか、太兵衛さんが改めて謝りに来ることがあって、話してみようと思ったなら、あたしに気兼ねすることはありませんからね。あまり思い詰めないで、気持を楽にするのですよ」

サトは微笑を浮かべてうなずくと、竈のまえに移った。

気持としてはみつもサトとおなじで、太兵衛があのようなありさまでは、元の鞘に収まっても幸せになれるかどうかは疑問だとの思いはあった。

サトとしては姑に対する拭い去れない恨みが、それも深い怨恨があることだろう。しかしその姑がいない今、サトが太兵衛のもとにもどるときには、その前後の事情を村人は知ることになるのである。同情の目で見る人はいても、白眼視する人は皆無なはずであった。サトにも言ったが、堂々と胸を張ってもどれるのだ。

しかも太兵衛の家は、多くの小作人や使用人を抱えた、地元でも裕福な大百姓である。姑の思いだけで離縁されながら、呼び戻された事実は汚点とならず、むしろ同情をもって迎えられるだろう。

現実のサトは武家の奉公女、下女である。

まだ若いので今はいいかもしれないが、今後を考えるとみつは複雑な思いにならざるを得ない。年増の出戻り女、と世間は冷たく見るはずである。となれば、嫁にとの声が掛かったとしても良縁は望めそうにない。

太兵衛のもとにもどればどうだろう。もともと、母親のたっての願いということで、まさに玉の輿だったのだ。

さまざまな事柄を天秤に掛けるのは、計算高いことではあるが、女の幸せに関わる問題なのである。

そこで、みつは現実に引きもどされた。

太兵衛が遠路はるばるサトに会いに来たからには、かなりの未練があったはずだ。それなのに自分は冷淡に、しかもサトの考えをたしかめることなく追い払ったのである。

男にとってこれほどの屈辱はないだろう。となると、万が一サトがその気になっても、太兵衛は受け付けないかもしれなかった。いやその可能性は濃厚だ。それだけではない。太兵衛の親類縁者が、早く後添いを娶るように迫るはずである。なにも一度ケチが付いた女と再縁しなくとも、若い女はいくらでもいるではないか、と。

しかも決定的な問題があった。嫁いで三年が経っても子を生さなかったのだから、サトは石女の可能性が高い。だからこそ姑は離縁に踏み切ったのだ。村の顔役で世話役でもある大百姓に、跡取りが生まれなくてどうする、となるは必定であった。

やはり自分は、取り返しのつかないことをしてしまったのだ。出しゃばらずに、冷静に対処して、サトと太兵衛を納得のいくまで語らせるべきだった。

その結果、サトが復縁を望めば後押しすべきだし、どうしても厭だと言えば下女として使いながら、少しでも幸せになれる道を探してやるべきであった。

なんと言っても二十歳そこそこで、経験も考えも浅いのである。いくらかでも世間を見てきた自分のような者が見守り、助言を与えなくてどうするのだ。

後悔の念もあってみつの気持は重かったが、そのままにしてはおけない。サトの今後についてはよくよく考えてやらねばならないが、そのまえに夫の源太夫に話しておくべきだと思ったのである。

源太夫は八畳の表座敷にいたので、襖の手前で声を掛けてから部屋に入った。

「客があったようだな」

書見台に本を拡げていた源太夫は、顔をあげるとそう言った。

「はい。そのことでお話があるのですが、よろしいでしょうか」

「何事だ、改まって」

源太夫は書物に紙片を挟んで閉じると、みつに向き直った。

離縁されたサトが頼って来たとき、みつは下女として再度使うことを源太夫に相談したことがある。相談の形を取りはしたものの、自分の考えを承諾してもらったのだ。そのときおおよそのことは打ち明けていたので、源太夫もほぼわかっているはずである。

しかし太兵衛が来たこともあり、かなり状況に変化が出てしまった。自分の考えが浅かったため、サトの選択肢を制限したことも含め、みつは正直に、そして細かなことまで話した。

「申し訳ありません。道場での指導になにかと心を配らねばなりませんのに、瑣末なことでお心を煩わせまして」

「無骨な道場主ゆえ男女のことには疎いが、みつは少しもまちごうた判断はしておらんと思う。わしにはそこまで細々したことには気持が廻りかねる。下女とはいえども、日々おなじ屋根の下で暮らしておるのだ。いい加減な対処をしては、子供らにも弟子たちにも示しが付かぬであろう」

「そのように言っていただいて、安心いたしました。幸司や花だけでなく、亀吉やサトに対しても、ちゃんとしなければと思います。お弟子さんたちは、常にわたしたちや子供だけでなく、奉公人のことも見ておりますからね」

「前の筆頭家老であった稲川八郎兵衛どのが、商人と結託して私腹を肥やすことになったのは、武士としての心構えを喪ったからだ。そのため文武両道に秀でた武士、つまるところまともな人ということだが、それを育てなければならんとの御前のお考えから、わしは道場を託された。奉公人に対していい加減な扱いをすれば、いくらもっともらしいことを言っても、だれもわしの話を聞かなくなる」

「おっしゃるとおりだと思います。そのためにも、わたしたちは背筋を伸ばしていなければなりません」

「うむ」

源太夫が書見台に向きを変えたので、みつは一礼して八畳の表座敷を出た。

「幸司若さまに、花さまぁ」と、サトの声が聞こえた。「晩ご飯のご用意ができましたよ。手を洗ってくださいね」

「はーい」

「おう、腹が減って背中にくっ付きそうだ」

母屋の前庭で花の、母屋と道場のあいだの庭で幸司の返辞が聞こえた。ワンワンと吠えながら、武蔵が兄と妹のあいだを行ったり来たりしている。

四

「秘剣『蹴殺し』を編み出した軍鶏侍岩倉源太夫の倅ゆえ、密かに秘剣を編み出しておるのではないのか」

目黒三之亟がそう言うと、ほかの学友たちもうなずきながら幸司を見た。

鶴松たちが鶏合わせの会を見てから四日後に、幸司が九頭目家の道場に行くと、思っていたとおり鶏合わせと軍鶏の話になった。

いつもなら稽古着に着替えて声高（こわだか）に道場訓を唱えると、だれもが素振りをして体を解（ほぐ）す。だがその日は着替えて道場入りするなり、鶴松と幸司の傍（そば）に寄って来た。なぜなら幸司が来るのを待ち兼ねた鶴松が、軍鶏と鶏合わせのことであれこれと訊いていたからである。

全員がそろうと板の間に車座になって、そのまま軍鶏談義となった。

先日、道場の庭で初めて見た者がほとんどだったので、軍鶏や闘鶏を巡っての話題に花が咲いた。幸司に対して、質問が矢継ぎ早に飛んだのである。

そうこうしているうちに、三之亟が秘剣の話を持ち出したのであった。

「えッ、なぜそのように」

「生まれたときから毎日、鶏合わせを見てすごしたのだろう」

三之亟がそう言うと、足立太郎松が重ねるように言った。

「その上、投避稽古とやらを続けてきたのだからな。きっと秘剣の一つや二つ、編み出していない訳がない」

「かもしれん。秘剣『投避』なんて、いかにも秘剣らしいではないか。三之亟の問いから逃避してはならんぞ」

仙田太作がもったいぶって茶化したので、笑いが起きた。

「一つ披露してもらいたいものだ」

瀬田主税が体を乗り出した。

「秘剣ですか。思ってもおりませんでしたが」と、幸司は真顔で言った。「なるほど、毎日のように鶏合わせを見ているので、条件は整っていますね。そう思われて当然かもしれませんが、生み出せる訳がないのですよ」

「言いたくないのはわかる。秘してこそ秘剣で、明かしたら秘剣でなくなるからな」

薄く笑いを浮かべていた鶴松が、話の輪に加わった。

「鶴松さまにそう言われると、まじめに答えない訳にいきませんが」

「われらがごとき下っ端には、まじめに答えられん。答えたくないと白状しおったぞ、こやつは」

大袈裟な言い方をして、学友たちを笑わせたのは太作であった。腕がもっとも劣り、家格が一番低い太作は、どうやら道化役を任ずることに徹しているようであった。

「信じていただけないかもしれませんが、長いあいだ、わたしはどうしても軍鶏に馴染(なじ)むことができなかったのですよ」

「そりゃまたどうしてだ」

訊いたのは松並千足だが、全員の代弁をしたことになったようだ。

「軍鶏の顔、いや、目ですね。軍鶏の目をご覧になりましたか。人を人と思わぬ、傲岸不遜(ごうがんふそん)な目をしているでしょう」

「たしかに鋭く強(きつ)い、射すような目ではあるが」

そう言った千足の目も射すようであった。

「ほとんどのみなさんが、先日初めて軍鶏の目をご覧になりました。ですが十四歳に成長してからと、三つ四つの子供時代に見るのはまるでちがっています」

「だが、軍鶏は軍鶏でしかないだろう」

　鶴松は冷静である。

「最初に見たときわたしは軍鶏に睨まれたと思って、怖くて身動きが取れませんでした。みなさんはこのまえ、軍鶏の顔を真正面からご覧になりましたか」

　だれも見ていないはずだ。鶏合わせの勝負は丸めて立てた筵の中でおこなうので、上あるいは斜め上から見ることになる。筵の幅は三尺（約九〇センチメートル）なので、目の位置はもっと上にある計算だ。

鶏合わせをするまえの軍鶏は唐丸籠に入れられているので、やはり上から見おろす。勝負が決すれば土俵から籠にもどし、周りを筵や茣蓙で覆って、興奮した軍鶏を落ち着かせるので見ることができない。

「どなたも、斜め上からご覧になられたはずです」

「そう言えばそうだなあ」

「三、四歳の子供でしたから、しゃがみこんだわたしの目は、軍鶏とそれほど変わらぬ高さにありました。鋭い目に睨まれたような気がして、震えあがりましたよ。軍鶏の闘う相手は常に軍鶏で、ほかの生き物には目もくれないのです。ですが、子供にそんなことがわかる訳がありません。射竦められたと思い、身を硬くしたのを憶えています」

なにを言われても鶴松と学友にとっては初耳なので、興味を惹かれるのだろう。だれもが目を輝かせていた。

「軍鶏は胸を張って、一歩一歩大地をしっかり踏み締めて歩きます。まえから来た犬や猫が、軍鶏に道を譲って避けるのですよ。それほど威風堂々として迫力があります。牛や馬でも道を避けたかもしれません」

何度もうなずきながら、学友たちは真剣に聞き入っていた。

「鋭い目に睨まれたような気がしたと言いましたが、軍鶏は人間の子供など、歯牙にも掛けなかったはずです。それでも怖かったですよ。ですから、わたしはずっと軍鶏を避けていました。軍鶏の世話をしている下男の亀吉と仲のいい兄の龍彦が、なにもかもやってくれたからです。兄が長崎に遊学することになったので、仕方なくわたしが肩代わりしました。さすがに子供時代とちがって怖くはありませんでしたし、軍鶏の良さにも目が行くようになりましたからね。ですから多少でも軍鶏がわかるようになったのは、せいぜいここ半年ですので、みなさんと大差はありません。知ったかぶりをして話しましたが、まったくの付け焼刃なのです」

「付け焼刃でそこまで詳しいとなると、軍鶏とか鶏合わせと言っても、実に奥が深いものであるな」

「ですから秘剣なんて」

「ちゃんちゃらおかしいってことか」と、太作が言った。「これまでは、どこかで軍鶏絡みの秘剣を繰り出すだろうと、それを警戒して慎重に相手をしていたのだ。しかし付け焼刃は剝がれ易い。岩倉幸司なんぞ、恐るるに足らずということだな」

「まさに太作の言うとおりだ」と、からかい気味に言ったのは三之亟である。「稽古着を着ておるし場所は道場、竹刀もあれば当の本人もいる。条件は整っておるぞ。恐るるに足らぬことを、明らかにすべき好機ではないか」

「そうだそうだ」

　おもしろがって周りの者が嗾ける。

「軍鶏の話で盛りあがっておるのだから」と、太作は澄ました顔で言った。「せっかくのいい雰囲気を、壊したくはないなあ」

「ごもっとも、ごもっとも」

　だれかが囃したので笑いが弾けた。

「今の幸司の話だが、かくまでも説得力があると、却って怪しいと思わねばならぬ」と、真顔で言ったのは鶴松であった。「先ほど三之亟が申したが、蹴殺しを編み出した剣士の息子だ。ムキになって打ち消したところを見ると、やはり隠しておることがあると考えたほうがいいのではないのか」

「冗談はほどほどにしてください」と幸司は言ってから、呆れ顔になった。「てっきり太作さんだと思ったら、鶴松さまではありませんか。となると、だれも冗談だと思いませんから、罪は重いですよ」

「こういうところで、太作のように堂々と冗談を言いたいものだ」

「それ自体がまさに冗談」と、太作。

「冗談はさて置いて」と、鶴松は真顔で言った。「せっかく幸司から軍鶏と鶏合わせの話を聞いたのだ。一人ではどうにもならんだろうが、幸司を加えれば総員で七名。三人寄れば文殊(もんじゅ)の知恵というが、その倍以上になる。ない知恵を結集して、われらで軍鶏絡みの秘剣を編み出してみないか」

「それはいい」

「やりましょう」

「難しいが、なんとかなるかもしれません」

「案ずるより産むがやすし」

「やるしかない」

鶴松が案を出したからだろうが、賛同の声が次々と起きた。

「だめです、むりです、できません」

幸司が断言したので全員が顔を見た。

「あらゆる条件が整っても難しいのに、昨日今日知ったばかりの者になにができますか」

「知悉(ちしつ)していなければできぬこともあれば、無知ゆえにできるというか、常識を破ることもできるだろう」

「それを否定する気は毛頭(もうとう)ありません。ですがどなたもできませんでした。父が鶏合わせから蹴殺しを編み出したと知って、弟子の多くが、ならば自分もと考えたのです」

そう前置きして、幸司はその場のだれもが良く知っている名前を羅列(られつ)した。

岩倉道場の三羽烏(さんばがらす)と称された三人も、やはりそうであった。

竹之内数馬(たけのうちかずま)は柏崎(かしわざき)家に請われて婿(むこ)養子になったが、現在は中老である。中老芦原讃岐(あしはらさぬき)の若党だった東野才二郎(とうのさいじろう)は、父親の代で廃された家を再興し、父の名弥(や)一兵衛(いちべえ)に改めた。大村圭二郎(おおむらけいじろう)は兄嘉一郎(かいちろう)と敵討(かたきう)ちを成(な)し遂(と)げ、父の冤罪(えんざい)を晴らすことができたが、父と仇の霊を弔(とむら)うため出家している。

そんな三羽烏も鶏合わせを見て、「蹴殺し」に負けぬ秘剣を編み出そうと懸命に努力したという。もちろん三羽烏だけではなかった。

「稽古を終えた午後、鶏合わせと若鶏の味見を厭というほど見、中には軍鶏を何羽も飼っておられる方までいらっしゃいます。ところが挑んできた挑戦者に父が秘剣を見舞うのを見た者でさえ、だれ一人成し得なかったのです。その父にしても達成できたのは『蹴殺し』のみで、まさに僥倖と言うしかありませんでした」

「僥倖であるか」と、鶴松が言った。「話してくれ」

「江戸勤番になった父は一刀流の椿道場に入門して、ご大身旗本の三男坊と知りあいましたが、そのお旗本が軍鶏を飼っておられました」

屋敷に通うようになった源太夫は、イカズチと名付けられた一羽の軍鶏と出会う。小柄でありながら一瞬にして相手を倒すのだが、いかにして倒したのかまるでわからない。勝負を五度見て、源太夫はようやくそれがわかったのである。

軍鶏は敵よりも一瞬でも早く、一寸（約三センチメートル）でも高く跳びあがり、上から攻撃を掛ける。それがもっとも効果があるからだ。

ところがイカズチは巧みにずらした。同時に跳びあがると見せて身を縮めると、先にあがった軍鶏は、目のまえにいるはずの敵がいないのでうろたえ、着地すると同時に再度跳びあがる。イカズチはそのわずかまえに跳びあがって、敵に向かって上から襲い掛かるのだ。

跳びあがる敵とそれを目掛けて落下するイカズチ、二倍の力が働いて激突するので敵はひとたまりもない。源太夫は試行錯誤を繰り返し、敵の力を利用して、一瞬にして倍の破壊力で粉砕する「蹴殺し」を編み出したのである。

「父の弟子の何人もが、自分も師匠とおなじような秘剣をと追い求めましたが、だれも成功しませんでした。父でさえ、イカズチによってのみでしたからね。ですから、わたしのような鶏合わせのとば口に立ったばかりの者が、秘剣を編み出すのがむりなことなど、火を見るよりも明らかではありませんか」

「だから、それを認めぬというのではないのだ。わしは全員で力をあわせ、ちがう方法で秘剣を編み出したいのだ」

「その工夫をすることで剣技を磨き、向上を図ることに意味はあるでしょうが、それが限度だとわたしには思われます」

「だとしても得られるものは多いはずだ。であれば試みるべきではないのか」と、鶴松は学友たちを見廻した。「そのために、わたしはまず軍鶏を飼うことにした」

「許してもらえたのですか」と、訊いたのは千足である。「わたしはとんでもない話だと一蹴されましたが、鶴松さまが飼われるのでしたら、もしかすると許してもらえるかもしれない」

親たちは息子を家の将来のために、鶴松の学友に送りこんだという経緯がある。その本人が軍鶏を飼うなら、自分も許してもらえるかもしれないのである。

「となれば飼わずばなるまい」と、主税が言った。「後れを取ってはならぬからな」

学友たちは顔を見あわせたが、だれもが軍鶏を飼うことに強い関心を示したのだった。

そこへ家士(かし)が、食事の用意ができたことを報せに来た。

「幸司」と、鶴松が言った。「源太夫どのは、今日も鶏合わせをやっておられるのか」

「やっておりません」

幸司が答えると同時に、鶴松は思い出したようだ。

「そうだったたな。換羽期ゆえ、しばらく中断すると言っておった」

鶴松だけでなく、だれもが落胆するのがわかった。

「ですが味見、つまり若鶏の稽古試合はやっているはずです」

「となると、やることは一つだぞ」

源太夫のやらせている味見の見学は急に決まったこともあり、予定の入っていた目黒三之亟は同行できぬので、地団太(じだんだ)を踏んで口惜(くや)しがった。大袈裟ともいえる口惜しがりようが、同情よりも学友たちの笑いを誘ったのである。

めた。

五

源太夫は土俵のすぐ脇の床几に腰をおろし、鶴松たちはその周りに位置を占めた。

例によって亀吉が仕切り、軍鶏好きな源太夫の弟子たちが手伝う。味見は若鶏を闘いに馴らすためのものなので、対決させる時間は鶏合わせの三分の一か四分の一、長くても半分であった。

闘わせる時間は短いが、夏の終わりということもあって暑いので、始めるまえに若鶏の口を開けて土瓶の水を流しこんで体を冷やす。頭から頸、そして胸にかけて水を霧状に吹きかけるのも、鶏合わせのときとおなじである。

源太夫は味見には線香を燃やさなかった。正式の勝負でないこともあり、正確な時間を計る必要はなかったからだ。それに毎回のことなので、燃やさなくてもほぼ時間の見当が付いた。二羽の体格、敏捷さ、勝負の進め方などを見ながら勘案し、亀吉に合図して終わらせるようにしていた。

腕を組んだ源太夫は、短い指示を与える以外は、終始口を噤んだままで通した。鶴松と学友たちも、立って見学しながら、やはり無言であった。幸司も黙ったままであったが、あれこれと解説するより、じっくりと見てもらうほうが重要だと思ったからである。

源太夫は六羽の若鶏を三組に分けて闘わせた。終わると片付けを亀吉と何人かの弟子に任せ、床几から腰をあげて鶴松たちに言った。

「母屋に移って、話して行かれたほうがよろしかろう」

「かまいませぬか」

「もちろん。それに、見学に見えただけではありますまい」

生垣に設けられた柴折戸を押して母屋側の庭に入ると、沓脱石（くつぬぎいし）から八畳の表座敷にあがった。

「本題に入るまえに、先ほどの味見、つまり若鶏の稽古試合から始めたいと思う。ご覧になって感じられたことがあれば、どのようなことであろうとけっこうなので話していただきたい。軍鶏についてはほとんどご存じなかろうから、それは気になされますな」

源太夫の言葉に学友たちは顔を見あわせたが、その目が鶴松に集まった。うなずいて鶴松が源太夫に体を向けた。

「本題に入るまえにと申されたが、なにを本題とお考えかを伺ってよろしいか」

「先日の軍鶏の勝負をご覧になり、驚かれたのではないかと愚考いたす。みなさまはおそらく、鶏合わせを初めてご覧になったはずだ」

当然、大いに驚かれただろうが、その第一として、軍鶏の死闘が武芸とあまりにも多くの点で共通していること。第二に、軍鶏によって闘い方が多彩なこと。その二点に尽きるのではないか。

「となると鶏合わせについてもっと深く知りたいが、その前提として軍鶏を知らねばならぬ。かと言って、老職の子息が足繁く岩倉道場に出向く訳にはいきませぬな。ゆえに自らの手で軍鶏を飼育し、鶏合わせをやらせてじっくりと観察し、闘いの本質を知り抜くことから始めるべきだ」と、源太夫はニヤリと笑った。

「素人がそう考えることは、子供にもわかりますでな」

思わず不愉快な顔をした者もいたが、おおきくうなずきながら笑みを浮かべたのは鶴松であった。

「さすが軍鶏侍どの」と鶴松は言ったが、微塵の皮肉も含まれてはいなかった。

「のちほど相談に乗っていただくとして、そのまえに感じたことを話さねばなりませんね」

鶴松は学友たちを見たが、相手は名うての剣術遣いで、三十年も軍鶏を飼っている男であった。うっかりしたことは言えぬと思ったのか、だれもが硬い顔をしている。

「では、笑われるのを承知で最初の二羽。褐色をした色の濃いのと薄いのと」

「猩々茶と申す。赤味がかった茶、との意味ですな」

「わたしは色の薄いのが、剣術で申せば二、三段上と見ました」

「なぜに。手数で言えば、濃いほうが三倍、いやそれ以上出しておったはずだが」

「ですが、むだ打ちばかりで、手数の少ない薄いほうは確実に打撃を与えておりました。手数の多い濃い猩々茶は、ほどなく疲れて動きが鈍り、薄いほうの攻めを躱せなくなると思いますが」

「なるほど、そう見られましたか」

源太夫は自分の意見は言わずに、学友たちに目を向けた。

「色の濃いほうが、相手の力量を量るためにさまざまな攻め方を小出しにして、反応、対処の仕方を見ていたということはないであろうか」

その考えを述べたのは主税であった。

「経験の豊富な成鶏であれば、相手の力を見極めるために、ごく稀にそのような方法を執るものがいない訳ではない。ただし、若鶏にその余裕はないでしょうな」

源太夫がそう言うと、主税は納得したらしくうなずいた。人と軍鶏の対比という点で、わかっていながら確認したらしかった。

しばらく待ったが、鶴松と主税以外からは意見は出ない。

「味見はなにも知らぬ若鶏に、いかにさまざまな同類がいて、その闘い方の幅が広いかを感じさせるためにおこなう。ゆえに時間を短くし、あらゆる持ち味の相手と対決させる。闘うために生まれてきた軍鶏は、相手から実に多くのものを自分の戦法に取り入れるが、有能な剣士とも通じるものがありますな。闘い始めて、ほどなく相手の戦法を自家薬籠中の物とし、その技で倒すことも稀ではない」と、そこで源太夫はニヤリと笑った。「となると、二組目の組みあわせの意味はお判りでしょう」

「体力差のある相手といかに闘うか」

千足の言葉に、源太夫は満足げにうなずいた。

「これまた猩々茶で、というのも軍鶏は七、八割がたが褐色をしたこの羽根色でな。ただし二組目は大小が判然としておるので、だれの目にも簡単に区別できる。二羽のちがいをいかに見られましたか」

そう言って源太夫が目を向けたのは、それまで黙っていた足立太郎松と仙田太作の二人だった。全員に意見を言わせたかったのだろう。

「おおきいほうは体力を利用しての強引な力攻めで、ちいさいほうは素早くそれを躱していましたね」と、太郎松は自信なさそうに言った。「大はただ力尽くでなんとかなると考え、小は大に力を使わせて、疲れるのを待つという戦法でしょうかね」

「よく見ておられますな」

源太夫の言葉に太郎松は相好(そうごう)を崩した。

「あの場合、おおきなほうが力攻めでなく、冷静に相手の動きを見ながら攻めるということはしないのですか」と、主税が訊いた。「そうなると、ちいさなほうは対処に窮(きゅう)すると思うのですが」

「修羅場(しゅらば)を潜って来た歴戦の古強者(ふるつわもの)にはおりますが、若鶏で見たことはありません。ともかく軍鶏は、敵手を見ればまず無条件に突っ掛かりますのでね。ところで、大小の闘いをどう見られましたかな。どんなことでもよろしい」

しばらく考えていたが、うまく言える自信がないのかだれもが黙ったままだった。源太夫は意見を言わない太作を見た。

「わたしは自分が小柄なので、ちいさな軍鶏の身になってしか考えられませんでした」と、仕方ないというふうに太作は言った。「やはり、ぎりぎりで躱すしかないと思いましたね。攻めには力を使いますので、ともかく攻めさせます。攻め続けさせるのです。そして自分は力を温存し、敵手の疲れるのを我慢強く待って隙を衝くしかないと思うのですが」

「ごもっとも。するとご自身も、普段それを実行されているのですな」

「であればもう少し強くなれるでしょうが、相手がそうさせてくれませんので」

さもあらんというふうに源太夫はうなずいたが、真顔で太作に言った。

「迷いがあるために、相手にそれを見抜かれてしまうのかもしれませんな。だから迷いを捨ててそれに徹すれば、道は開けるかもしれませんぞ」

「なるほど、でしたら徹してみますが、この遣り取りをほかの者に聞かれてしまいましたから」

「敵が裏を掻く」

「当然そうなるでしょう」

「であればそれを見越して、その裏を掻けばよろしいのでは」

「と言うことも聞かれてしまって、わたしは手の打ちようがなくなります」

学友たちだけでなく源太夫も笑ったので、太作はほっとしたような顔になった。

「三組目はどのように見られましたかな。羽根色は」

源太夫がそういうと、透かさず太郎松が答えた。

「烏と銀笹」

「よくご存じで」

「幸司どのに教わりました」

「色以外で気付かれたことは」

考えようでは手厳しい言葉だが、太郎松にはわからなかったようだ。鶴松だけが頰(ほお)を緩(ゆる)めた。

「烏は自分の持ち味がわかっている、と思いました」

「持ち味と申されると」

「跳ぶ力、跳躍力ですね、それが銀笹より優れていたと思います。攻撃は上からが圧倒的に有利だそうですから、それを活かそうとしたのでしょうが」

「しょうが?」

「跳躍力を活かしさえすればなんとかなるだろうと、二の手三の手を考えずに動いていたように思えました」

「なるほど。今日で二度目にも拘らず、みなさんは実によく見ておられます。鶏合わせで、あるいは道場で、それだけ冷静沈着に見ておられれば、剣術の習得も早いでしょう。そのためにも軍鶏のことを熟知していただかねばなりませんが」

「と言うことで源太夫どのに相談というか、願いがありまして」と、鶴松が言った。「自分で飼って、軍鶏について知り尽くしたい。ぜひとも若鶏を譲っていただきたいのだ。当然であるが、それだけの対価はお支払いいたす所存で」

「お断りいたす」

きっぱりと言ったが、鶴松は思いもしなかったらしく目を白黒させた。

「みどもにとって軍鶏は特別な生き物なのでな、金銭で遣り取りするなど考えもできんのだ」

「でしたら」

「お譲りいたす」

「しかし、大切なものを無償という訳には」

「大切だからこそ譲りたい。みどもはこれまで一度も売買はやっておらんのです。交換はしております。同好の士と互いの軍鶏を掛けあわせて、卵あるいは雛を分けあうことも。ともかく金銭を絡ませたくない。譲りますので、受け取っていただけますか」

「もちろんですが、本当にそれでよろしいので」

「大切に育てていただけるとわかりましたので、是非ともお頒けしたい。では」

と源太夫は立ちあがった。

「若鶏を見ていただこう」

母屋の裏手の塀に差し掛けになって、鶏小屋が設けられていた。

源太夫を先頭に鶴松と学友が続き、最後尾を幸司が進む。

軍鶏の餌は朝は多めに、夕刻にはその三分の一ほどの量を与える。ただし鶏合わせや味見があれば、その都度、投餌の時間や量を調節するのであった。

世話係の亀吉が、仕切られた箱に餌を配り終えたあとなので、軍鶏たちは盛んに啄んでいる。

「ここまでが成鶏で、これから先が若鶏となっておる。餌を喰うのを見ただけでも、わかることはあるので、じっくりとご覧あれ」

言われるまでもなく、鶴松と学友たちは頸を振って周りに餌を撒(ま)き散(ち)らしながら、夢中になって喰い続ける軍鶏を見ていた。放し飼いの矮鶏(ちゃぼ)が、こぼれた餌を拾い喰いしている。

「鶴松さまのほかにも、軍鶏を飼いたいとお考えの方はおられますか」

松並千足以外の全員が手を挙げた。

「予定が入っていて来れませなんだが、目黒三之亟もおそらく欲しがると思います」

「あの、わたしは」と、手を挙げながらあわてて言ったのは千足だ。「反対されましたが、なんとか父母を説得するつもりです」

「亀吉」

「はい。旦那さま」

「みなさんに、お望みの若鶏をお頒けすることにした。どれをどなたにというのを、まちがえぬように。幸司」

「はい」

「念のため手控えに記しておくように」

「では、慎重にお選びくだされ。個別の仕切りに入れたのは雄鶏で、雌鶏は向こうにまとめて入れてある。幸司、あとは任せたぞ」

そう言うと源太夫は場を離れた。「はい」と答えて、幸司は矢立と手控え帳を取りに母屋にもどった。

「まちがえてはなりませんので」と、亀吉が若侍たちに言った。「こいつを一番としまして、順に二番三番と決めたい思います。決まりましたなら言うてくだはりますで」

だれもが穴が開くほど見ているが、闘っておればともかく、餌を喰っているだけでは判断できる訳がない。

「雄の若軍鶏は全部で十八羽おります。うち六羽は先ほど味見をしましたんで、みなさまお気付きでしょう」

亀吉に言われて初めて思い出したらしく、学友たちはきまり悪そうな顔になった。

「ようし、決まった」と、最初に宣言したのは千足である。「わしは三番だ。これしか考えられん」

「両親に反対されているのだろう」

「なに、説得するさ。亀吉とやら」と、千足は力み気味に言った。「松並千足は三番だ。忘れるなよ」

「へえ」

「しかし、即決だが、どこで決めたのだ」

主税に訊かれて千足は拳で胸を叩いた。

「直感だ。それしかあるまい。わしは己の直感を信じる」

「だが、それだけではあるまい。なにか根拠があろう」

「実はな」

「それみろ。なにもないのに、決められるものか」

「三番の軍鶏と目があったのだ。その目がわしに訴えた。ほかは全部、取るに足らぬ駄鶏だ。だからおれを選べ、となと、千足は学友たちに言った。「見たって、考えたって、どうせわかりゃせんだろう。ここは運を天に任せて、えいやッと決めてしまうことだよ」

「決まりましたか」

矢立と手控えを手にもどった幸司が訊くと、亀吉が答えた。

「松並さまは三番だそうでございます」

「うッ、そうか」

幸司の表情が微妙に変わったのに気付いたからだろう、千足は怪訝(けげん)な顔になった。

「いかがいたした」

「いえ」と、幸司は弁解するように言った。「雌鶏の卵を孵して雛になるのは、一度に八羽から十羽ですが、雛、若鶏と育てても、鶏合わせ、つまり闘鶏用に残せるのは一羽いればいいほうでしてね」

「その一羽ということだな」

全員に見られて幸司は言い淀(よど)んだ。

「父が残すつもりだった若鶏でしたので、ついうっかりと」

「見ろ、わしには本物を見抜く目があったということだ」

「軍鶏と目があったと言ってたはずだが」

太作が茶化したが千足は平然としている。

「わしが選んだようで、その実、軍鶏が選んだということだな。軍鶏が己の飼い主としてふさわしいと、わしを選んだのだ。どうだ、まいったか」

その後は騒々しいことになった。おなじ若軍鶏を重複して指名した者同士がジャンケンで決めることになったのだが、その興奮したさまがまるで子供にしか見えない。敗れたのでちがう若鶏を指名したら、再度競合した太作は、それにも負けて腐ってしまった。

「太作は名を変えたほうがいいかもしれん」

鶴松に言われて太作は訊いた。

「いったいなんという名に」

「考えられるのは一つだ。元服も近いのだから、真剣に考えておくべきだぞ」

「しかし元服名は、烏帽子親の一字をもらって」

「元服名はそうだが、わしの言っておるのは通称、通り名だ」

「でなんと」

「太作改め駄作。タがダと濁るだけだから、憶えやすかろう」

爆笑となった。

ともかく全員の飼いたい若軍鶏が決まったが、だからと言って持ち帰る訳にいかない。鶏小屋を作らねばならないし、日光浴をさせるための唐丸籠も必要だった。また持ち運ぶための籠も要る。

それだけではない。餌と水、糞の処理、ときにおこなわねばならぬ水浴び、など一度飼うとなると、どうして大変なのである。当然のように本人がやる訳はないし、できないだろうから、下男が世話することになるはずだ。

引き取りは後日ということになった。

餌のさまざまな材料と作り方、与え方などに関しては、幸司が整理して書いた物を用意することにした。

「三之亟が口惜しがることだろうな」

「ああ、顔が目に浮かぶようだ」

「残ったのは駄鶏ばかりだもの」

「残り物に福があるってのは大嘘でな、本当は残り物に福はなしってんだ」

そう言うかれらが選んだのも駄鶏なのである。なにしろひと腹の雛で、残せるのは一羽いるかいないかだから、大部分は駄鶏のはずだ。だがだれも、自分が選んだのは名鶏だと思っている。

あまりのはしゃぎように、幸司は馬鹿らしくなってしまった。

「亀吉」

「へい、若旦那さま」

「父上が残したいと言っておったのは、たしか三番だったよな」

ちらりと亀吉を見ると、直ちに意味を汲み取ったらしく困惑した顔になった。

「三番だったろう」

「どうでしたかいな。猩々茶はどれもみな似てますんで、わいにはちょっと」

学友たちは、なんとも複雑な顔になって、目顔で遣り取りを始めた。

「しかし、だれかの選んだ若軍鶏にはちがいないですから、どうか可愛がってください」

「おい」と、幸司に言ったのは太郎松であった。「わしの選んだのは銀笹で、猩々茶じゃなかったんだが」

「銀笹もなかなかいい若軍鶏ですよ」

亀吉がおおきくうなずいたが、いかにもわざとらしかった。

お礼肥（れいごえ）

一

常夜灯の辻で、時の鐘が四ツ（十時）を告げてほどなくのことである。

「客人がお見えですので、母屋におもどりくださいとのことです」

幸司が年少組の指導を終えたところに、弟子の一人が来てそう告げた。父の源太夫も見所で立ちあがって、出入口に向かおうとしていた。

共通の客となると果たしてだれだろうと思いながら、幸司は父のあとに続いた。母のみつか妹の花が呼びに来たのだろうが、普通であれば「だれそれがお見えなので」と名を告げるはずであった。

道場を出、境の生垣に設けられた柴折戸を押して母屋側の庭に入ると、若い女の話し声が聞こえた。朝食のあとで茶を飲みながら、花が「今日はすみれさんと布美さんが来る日なの」と、はしゃぎ気味に言っていたのを思い出した。

気があうのだろう、いつしか三人は月に一度集まるようになっていた。

互いの家を順に巡ることにしたようだが、武家の娘が独りで出歩くことはできない。かといって、下男や下女を供にできる身分でもなかった。そのため武芸の心得のあるすみれが、布美を誘って岩倉家にやって来ることになったのだ。弓組のすみれと御蔵番の布美の組屋敷は、そう離れていないので都合がよかった。それだけであれば、わざわざ源太夫と幸司を呼びに来ることはない。

疑問はすぐに解けた。

夏の終わりなので障子はすべて開け放ってあったが、八畳の表座敷に頭が半白になった老人の姿が見えたからだ。

藩校「千秋館」の教授方、盤晴池田秀介であった。源太夫の日向道場時代の相弟子ということもあるが、気紛れに話しに来ることがある。大抵は夜で、明るいうちというのはめずらしい。

「指導中であれば邪魔になるので、呼びに行かなくていいと言ったのだが」

盤晴が弁解するように言った。

「どうせわしを出汁に、花の顔を見に来たのだろう」

「そんなふうにおっしゃるものではありませんよ、せっかく来ていただいたのですから」

みつが笑いながら、源太夫と幸司のまえに湯呑茶碗を置いた。

若い男と女が話す機会はほとんどなく、二人きりになることなどまずできない。そこですみれが花を訪ねて来ると、みつはなにかと理由を作って幸司を会わせようとするのであった。みつはすみれをすっかり気に入ったらしいが、毎回そんなふうにされるので、幸司はいささか閉口していた。

父と兄が同席したからだろう、花がだれにともなく言った。

「あたしはまえから、すみれさんと布美さんに目玉の小父さまの話をしていました。だから思い掛けなく会っていただけて、とてもうれしいの」

「これ、藩校の偉い先生を、小父さまだなんて失礼ではありませんか」

みつが窘めると、盤睛は「いいから、いいから」と、顔のまえで手を横に振った。

「目玉の小父さま。すみれさんと布美さんです」

紹介されて、二人は「よろしくお願いします」と頭をさげた。

「盤睛先生の盤は大皿で睛は目玉なんですって、だから大目玉。それで目玉の小父さまなの」

「といって、目蓋が半分ほどもさがって眠そうな顔をしておるので、看板に偽りあり、というところだが」

「目玉の小父さまは、どんなことでもご存じなのよ」

「花、失礼ですよ。学者先生だから物識りでいらっしゃるのは当然でしょう」

「いいから、いいから。そんなことは、いいじゃないかね」

「いいからの小父さまと、呼び名を変えましょうか」

盤晴と花の遣り取りがおもしろかったからだろう、すみれと布美は笑いそうになったらしく、手の甲で口許を押さえた。

源太夫がちらりと見ると盤晴はうなずいた。

「若い者には旅をさせろというが、龍彦にとっての長崎遊学は実に有意義であるようだな。新しいものに興味を持ち、おもしろがる性向ということもあるだろうが得るものが多いようだ。推薦してよかったと思うとる」

「すると盤晴が推してくれたのか」

「御家老と、弥一郎からもそれとなく打診されたのでな。何人かの名を告げた中に、龍彦の名もあったというだけのことだ。だが、わしの意見などに関係なく決まったと思うぞ」

弥一郎は源太夫と盤晴の親友で、現中老の芦原讃岐の道場時代の通称である。

「そんなことはあるまい。なんといっても、藩校の教授方だからな」

「龍彦の持ち味なのだろうが、通辞にも気に入られたようで、商館の阿蘭陀人とも親しくなったらしい。あれこれと教えてもらっておるようだ」

「そういえばそんなことにも触れていた。ちゃんとやっておると、安心させるために書いてきたのだと思っておったが」

月に一度、園瀬と長崎を飛脚便が往復していた。遊学生は毎月藩庁に学びの進捗(しんちょく)状況を報告する義務があったし、それを見て藩から指示が出るらしい。

その折、遊学生と家族、あるいは友人知人は、飛脚便(ひきゃくびん)に書簡を託すのであった。龍彦は筆まめに、おもしろかったこと、珍しいことなどを書いて寄越(よこ)していた。

「わが国と異なる文化や工芸だけでなく、なるべく幅広く調べるようにしろというのが藩庁の考えだ。興味深い件に関してはかならず報告することになっているが、龍彦たちにはその対象を限定しなかったのがよかったようでな」

四人の遊学生のうち、医師の息子上沢優之介(かみざわゆうのすけ)は西洋医学と薬学を、軍学と砲術の師範の息子角山佐武朗(かどやまさぶろう)は西洋兵学と砲術を学んでいる。専門分野なので、父親に学んで基礎知識のある二人が選ばれたのだろう。

細田平助(ほそだへいすけ)と岩倉龍彦は、法制、文化と芸能、機械工学、優れた技術などを幅広く学ぶということになっていた。ということは上層部でも、医学と兵学以外については十分に把握できていないということである。そのため月例報告を見ながら学ぶべき対象を選ばせ、場合によってはさらに詳しい資料を集めさせよう、との腹積もりではないだろうか。

「奥さま、ええかいな」

よろしいですかと断って庭先に現れたのは亀吉で、園瀬の里ではイカキと呼ぶ笊を持っていた。

「千秋館の先生がお見えやけん、頼まれとったもん、持って来たんやけんど」

言いながら縁先にイカキを置いたが、緑の色濃い果実が二十個ばかり入れられている。

「おッ、酢橘ではないですか」

盤睛がそう言ったので、みつが受けて事情を話した。

「先生がわが家の酢橘をお気に入りとのことですので、まだハシリで少し早いかなという気はしましたが、亀吉に届けさせようと思っていましたの。ちょうどよかったですわ。お帰りの折、お持ちいただけますでしょうか」

「それはかたじけない。この屋敷で穫れる酢橘は絶品でな。わが家の庭にも木はあるのだが、ここのを味わうと、どうにも物足りなくてならん」

「しかし、酢橘などというものは、放っておいても花が咲いて実が稔る。園瀬の里には大抵の屋敷に植わっとるが、味にそう変わりはなかろう」

源太夫がそう言うと、盤睛は手を派手に横に振った。

「だから剣術遣いなどという輩は、剣術のこと以外になると大雑把でいかん。酢橘はやたら酸っぱいだけのもんだ、くらいにしか思っておらんのだな」

「そう言うが、これほど酸っぱい蜜柑はなかろう。蜜柑には蜜という字が入っているように、もともと甘酸っぱいものなのだ。ところが酢橘ときたら」

「頑固に酸っぱい」

「そうだ。ただひたすら、意味もなく酸っぱいだけだ」

「酸っぱいだけではない」と、盤睛は指折り数え始めた。「径が一寸(約三センチメートル)か一寸三分(約四センチメートル)ほどしかないのに、皮がやけに厚いのだ。しかも種がやたらと多い。ちいさな実の中に、径が四倍あまりあろうという夏蜜柑と、おなじくらいの数の種が入ってるからな」

「大袈裟なやつだ。それだと種だけになってしまう。ともかく酸っぱく、皮が厚く、種が多い。それでも、好きなのか」

「だから、好きなのだ」

大の男二人の、どこか大人げない遣り取りに、だれもが半(なか)ば呆(あき)れ、半ばおもしろがって見ている。

「単に酸っぱいだけではない。その酸っぱさの中に、実に多くの味が、濃縮(のうしゅく)されてぎっしりと詰まっておるのだよ。ゆえに汁を搾(しぼ)り掛けても、おろし金で摩(す)りおろした皮を振り掛けても、あらゆる食材の持ち味を、十全に引き出せるのであろうな」

「しかし、それほどまでにちがうのか」

「新八郎はこの屋敷の酢橘を、みつどのの手料理でしか喰わぬからわからんのだな。であればそれでよい。なにもわざわざ風味に欠けるほかの屋敷の酢橘を、むりに料理に用いることはないのだ」

「しかし、おなじ酢橘でありながら、なぜにそこまでちがうのか」

「それやったら権助(ごんすけ)はんの」と言い掛けて、亀吉はあわてて言い訳をした。「あ、すんまへん、お話し中に割りこんでしもうて」

「いや、かまわん」と、源太夫が言った。「権助がなにかしておったのだな。そうか、あの男ならやりかねん。妙なことを知っておったからな、権助は。で、なにをどうしておったのだ」

全員の熱い視線に、亀吉はすっかり戸惑ってしまったようである。

「ほなけんど、ほんな阿呆なと、笑われるに決まっとるけん」

「だれが笑うものか。盤晴がムキになって話したのだ。権助のやつ、なにか、よほどのことをしておったにちがいない。盤晴も知りたかろう」

「もちろん」

「亀吉、かまわぬ。笑わぬから話してみろ」

みつだけでなく、花に布美、そしてすみれが目を輝かせているのである。亀吉は困り切ったような顔になったが、意を決したように言った。

「話し掛けと、お礼肥です」

二

だれもがキョトンとして顔を見あわせた。亀吉がなにを言ったかまるでわからず、言葉を思い浮かべることすらできなかったからだろう。互いに顔を見あわせていたその視線が、自然と盤晴に集まった。わかるとしたら、藩校の教授先生しかいないと結論したからにちがいない。

「ハナシカケは、話し掛けることだと思われる。もしそうだとすると、なにに対してなにを話し掛けるというのだろう。それよりも、オレイゴエはまるで見当も付かん。まてよ、オレイは礼をするをていねいに言ったお礼か。するとゴエは声かな。お礼の声、なんのことだ」

「話し掛けは、軍鶏のときとおなじなんやけんど」

亀吉にそう言われて源太夫は首を傾げた。

「わかるように話してくれ」

「ほなけんど、こんな話、どなたはんも退屈なんとちゃいますか」

「そんなことありませんよ。とてもおもしろいから、ぜひ聞かせてちょうだい」

みつがそう言うと花がおおきくうなずいた。

「なんだかワクワクする」

すみれも布美も同意した。

「亀吉、ちょっと待っててちょうだい」と、みつが背後に声を掛けた。「サトや」

「はい。奥さま」

お勝手で返辞があった。

「仕事は後回しでいいから、ちょっと来なさい。亀吉がおもしろい話をしてくれるから」

前掛けで手を拭きながらやって来たサトは、襖際に遠慮がちに坐った。

「旦那さまはふしぎに思われたことがあった思いますけんど、鶏合わせ（闘鶏）や味見（若鶏の稽古試合）で大負けしたやつが、次の勝負でまるでべつの軍鶏のようになって、驚けされたことが何遍もあった思います」

「ああ。次もこんな調子だと、残す訳にいかん。潰すしかないなと思うておると、欠点、つまり悪いところは全部消えて、己の持ち味を出し切って勝つことがあったな」

「それですわ」と、亀吉は鼻を蠢かせた。「権助はんは、軍鶏に話し掛けよりました」

「なんと」

そう言ってから顔を真っ赤にした源太夫を、亀吉は恨めしそうな目で見た。

「笑わんと言わはったのに、やっぱり笑う」

「許せ、亀吉。そんなバカな、と思うたのではない。権助ならやりかねんと、それがやけに愉快に思えたのだ。で、権助はなんと言うた」

源太夫が真顔になるのを待ってから、亀吉はまるで権助のような口調で話した。

「おまえはなんで辛抱が足らんのだ。苦しいときは相手も苦しいのだぞ。我慢比べでは、先に諦めたほうが負ける。ちょっとの差なんだ。次もおなじようにして負けたら、生かしてはもらえんぞ。おまえはまえに出る勢いは弱いが、横に動くんはえらく速い。それに蹴る力は右脚より左脚が強い。ほなけん、相手の動きをよく見ながら、自分の持ち味を活かすようにせえ、そうすればきっと勝てる、と」

「まるで人に話すように、であるな」

盤睛の言葉に亀吉はおおきくうなずいた。

「生き物はみんな、おなじですけん」

「話し掛けておるのを聞いたことはないが」

源太夫は過去の軍鶏たちの勝負で、思い当たる節があったのだろうが、それでも半信半疑だ。ほかの者は、まるで狐に摘まれたような顔をしている。

「権助はんは、人がおったら話しません」

「亀吉は聞いたのだろう」

「わいは弟子ですけん、権助はんが気にすることはありまへん。勝負がすんだ軍鶏の小屋には筵(むしろ)を掛けて、ゆっくりと休ませますけんど、権助はんは負けたほうの小屋のまえにおることが多かったでしょう」

「そうだったかなあ。べつに気にしとらなんだが」

「父上」と幸司が意気ごんで言った。「龍彦兄さんの武蔵(むさし)と、おなじではないでしょうか」

ワンワンと吠え声がした。軒下(のきした)に坐(すわ)った武蔵が、しきりと尻尾(しっぽ)を振りながら表座敷の人たちを見あげている。自分が話題になっていることがわかるのだろう。

「兄さんは亀吉とおなじくらい、権助を師匠のように思っていたでしょう。話し掛ければ生き物にもわかる、気持は通じるはずだと教えられたんですよ。だから龍彦兄さんは、武蔵と気持を通じあえた。そうだろう、武蔵」

ワンワンと武蔵が応(こた)えた。

「生き物は人や犬猫だけでない、言われました」と、亀吉は続けた。「草や木も命があるけん心がある。どんな花も、きれいやきれいやと褒(ほ)めてやると、ほんまにきれいな花を咲かせると言われました。女の人とおなじや言われたけんど、そこんとこは、わいにはようわからんです」

「花はきれいだなあ」と、幸司が妹を見て言った。「わが妹ながらあきれるほどきれいだ。朝見たときよりも、さらにきれいになった気がするぞ。となると、明日の朝はどれだけきれいになることやら」

「からかわないで、意地悪な兄さん。名前は花だけど、花はその花じゃないでしょ」

ややこしい言い方をして、花は真っ赤になった。

「すると権助は酢橘の木か花かは知らんが、それに話し掛けておったのだな」

盤睛がそう訊いたので、亀吉は満面に笑みを浮かべた。

「先生の言わはるとおりです。鶏小屋を掃除したときに、権助はんは糞を溜めておくんです。ほれに抜き取った草や、捨てるしかない古畳なんぞをいっしょにして。すると蒸れたように、熱を持って温うなります」

「発酵だな。菌の働きで分解して、べつの成分が生まれるのだ」

「酢橘だけではないけんど、ハッコウした軍鶏の糞を木の幹から離れた所に、万遍のう埋めるか撒いて肥にします」

「理に適っておる。幹から離れた所では、細い根が網の目のように張り巡らされておって、木はその根で養分を、つまり身になるものを吸い取るのだ」

「権助はんは酢橘の木に話し掛けるんです。これは米糠と青菜、ほれに細こうに砕（くだ）いた貝の殻、ぶつ切りにした小魚を食べた軍鶏の糞だ。これを味わったら、どこにも負けん味のええ実ができるぞ、って」

「なるほど、なるほど」

熱中すると盤睛先生は、言葉を繰り返す癖（くせ）があるようだ。いつもは眠そうに半分さがっている目蓋が垂れてはいないことからも、興奮振りが知れようというものである。

「話し掛けのことはよくわかった。ところが恥ずかしいことに、ここまで言われても、わしにはオレイゴエがわからんのだ」

「先生はともかくとして、みなさんはほんまに退屈ではないんで」

武家やその妻子が自分の話を楽しんでいるとは、亀吉にはとても思えないらしく、首を傾げている。

「おもしろいですよ」「どきどきするわ」「まるで知らなかった」「とっても楽しい」「亀吉さんは物識りなのね」などが一斉（いっせい）に返って来たので、亀吉は目を白黒させた。

「ほんなら続けさせてもらいますけんど、お礼はありがとうのお礼で、肥は田圃（たんぼ）に撒（ま）く肥です。肥料言いましたかいな」

「だが、肥とお礼が、いかなる理由で結び付くのだ」

源太夫はしきりと考えている。

「米は種を蒔くまえから穫り入れのあとまで、八十八もの手間が掛かると権助はんに教わりました」

「ああ、そう言われておる。八十八をひと文字にしたのが米だ。だからひと粒もむだにしてはいかん。罰が当たる」

「だそうですね、先生。米ほど手は掛かりまへんが、酢橘もちゃんと世話せんと、ええ実は穫れんのです」

亀吉は簡単に、酢橘の世話などについて説明した。

酢橘は初夏に純白の花を咲かせ、やがてちいさな果実となる。そのまま放置すると鈴なりの葡萄状になって、小型で黄色みを帯びた実になるので、果実を適当に摘まねばならない。間引きだ。

特有の濃い緑色の果皮にするには、果実に十分な陽光が当たらなければならない。また枝が触れて果皮を傷付けることがあるので、不要な枝を剪定する必要があった。これは風通しをよくするためにも、手を抜いてはならない作業である。

「いよいよお礼肥ですが、花を咲かせて実を稔らせるまえの春には、だれでも肥をやります。ほなけんど、ほんまに大事な肥は実を摘み終わったあとやそうです。ええ実を沢山ありがとう。来年もまた頼みますで。ほんなら、春までゆっくり養生しなはれ、言うことやね。花咲くまえの肥も実を摘んだあとの肥も、お礼肥と言います。ほなけんど、あとの肥こそほんまのお礼肥やと、権助はんは言うとりました」

「それほど手間暇掛かっておるとなると、これからは心して味わわねばならぬな」

源太夫がしみじみと言うと、盤睛が相鎚を打った。

「そうとも、知らねばともかく、知ってしまったのだ」

みつが小声で命じた。

「亀吉。布美さんとすみれさんにも、お土産に持って帰ってもらっておくれ」

「あ、ほれやったらうちがやりますけん」

「ほうで、すまんな。サトさん。ほな、わいは軍鶏の世話の続きにもどります」

亀吉は頭をさげて、軍鶏の庭への柴折戸を押した。サトも姿を消していた。

「それにしても、今日は多くのことを教わった」

思ってもいなかった知識が得られたからだろう、盤睛はまさに恵比須顔であった。

「どうした幸司、えらく感じ入っておるようだが」

源太夫に言われ、少し考えてから幸司は答えた。

「お礼肥は、花咲くまえよりもあとのほうが大事と権助が言ったそうですが」

「それが、いかがいたした」

「剣の道にも通じると思いまして」

そう言った息子の顔を見て、源太夫は満足げにうなずいた。

「剣だけじゃないと思う。多くのことに、いや、あらゆることに通じるのかもしれん」と、盤睛が言った。「今日は来てよかった。意味あることを聞けたし、可愛らしい娘さんたちとも知りあえた。となると、一番いいところで引き揚げるべきだろうな」

盤睛が席を立ったので、源太夫と幸司も道場にもどることにした。

男がいなくなったあとは、花と布美、そしてすみれに、みつも加わって姦しく会話が弾むことだろう。

三

その翌朝もいつもとおなじく、道場の拭き掃除の一番乗りは戸崎伸吉であった。

幸司が生垣に設けられた柴折戸を押して庭に出ると、伸吉が道場横の井戸で水を汲みあげて小盥に移していた。例によって二口の小盥が並べられている。

「おはようございます、幸司さま」

柴折戸を押す音が聞こえたからだろう、伸吉が先に挨拶した。

「ああ、おはよう。えらくうれしそうじゃないか」

どことなく浮き浮きした気配が、全身から感じられたのである。

「わかりますか」

「いいことがあったようだな」

「今日、ようやくのことで姉に勝てました」

「すみれどのに勝ったって。一体、なにに」

「いやですよ。投避稽古に決まってるじゃないですか」

言いながら仲吉は、釣瓶の水で二つの盥を満たし終えた。

「今日って、すると拭き掃除に来るまえにやったのか」

「毎朝、やってますよ。でないと暇が取れませんから」

仲吉が投避稽古の話をすると、母親から小太刀を習った年子の姉のすみれが、強い関心を示したらしい。さっそく端切れを縫いあわせ、乾燥させたハトムギの実を詰めてお手玉を作ったのである。

二人で稽古を始めたのだが、仲吉はどうしてもすみれに勝てなかったという。そのため自分よりずっと小柄な姉に、頭があがらないと口惜しがっていた。

「ほほう」

べつにそんな気持はなかったが、仲吉は小馬鹿にされたと思ったらしい。

「まぐれじゃありませんよ。二度やって、二度とも勝ちましたから」

五個ずつのお手玉を、交互にでもいいし連続してもかまわないが、片方が投げ、相手がそれを躱して、いくつ当てられるかを競うのである。

水を満たした盥を一つずつ持って道場に入ると、道場の一番西側に移った。幸司と仲吉は床に盥を置いて、その場で胡坐を掻いた。

「昨日はとても楽しかったと、姉が言っておりました。声掛けとお礼肥、ですけど」

すみれは伸吉が稽古から帰るなり、その話をしたらしい。

話し終えるなり、すみれが言ったそうだ。

「武蔵は人の言ってることがわかるそうだけど、本当かしら」

「ああ、みんなそう言ってるよ」

「伸吉はどう思うの」

「まさかと思ったので、試してみた」

「なにを試したのかしら」

「武蔵はね、箱に入れられて常夜灯の辻に捨てられてたそうなんだ。三匹兄弟の中で、一番ちいさくて弱そうだから、龍彦さんが可哀想になって連れ帰ったんだよ。自分が世話をするって約束して、飼わせてもらったんだって。だから武蔵は、龍彦さんに一番懐いているんだ」

「伸吉はどんなふうに試したの」

「話し掛けたのさ。龍彦さん、遠くに行ってしまったけど、寂しくないかいって」

「そしたら」

「とても辛そうな顔になって、クーって泣いた」

「本当かしら」

「あんまり可哀想なんで、龍彦さんは長崎で元気にやってるらしいから、帰ってきたら可愛がってくれるぞって言ったら」

「言ったら」

「にっこり笑った」

「まさかぁ」

「そんな気がしたんだよ」

「だけど武蔵は、伸吉の話したことがわかったのではないと思うわ」

「だって泣いたり笑ったりしたんだぜ」

「それは伸吉の声の調子とか顔付きを見ていて、おおよそのことを感じ取ったのよ。龍彦さんの名前を交えながら話したんでしょ。龍彦さんに付いて話していることはわかるもの」

伸吉が姉との遣り取りを話している途中で、幸司はぴしゃりと額を叩いた。

「いけない。いつまで待ったって、年少組は来ないぞ」

「そうでした。千秋館の日だもの」

午前中、年少組が藩校で学ぶ日だったのを忘れていたのだ。

「それじゃ二人だけで競争だ」

よく絞った雑巾を板の上に置く。前屈みになって両手で押さえ、尻をあげる。「それ」の声で床を蹴り、体重をかけて雑巾を押さえながら前進するのであった。ひと往復ごとに雑巾を濯いで絞り、それを繰り返すのだ。

拭き掃除は終わったが、伸吉とすみれの会話の続きにもどるのも間が抜けている。

盥と雑巾を片付けると壁に向かって並び、幸司と伸吉は道場訓を唱和した。

「体を解したら一番いくとするか」

幸司がそう言うと、伸吉は顔を輝かせた。

「お願いします」

「投避稽古で難敵に勝ったと言うことは、相手の動きがよく見えているということだ。楽しみだな」

素振りで体を解して竹刀を交えたが、幸司が感心したのは、伸吉が小細工をせずに正攻法で攻め続けたことであった。

幸司は油断せず、手を抜くこともない。だれに対しても常に全力をと、父の源太夫に教わり始めた初期に、徹底的に叩きこまれたからだ。

七本の全部を幸司が取ったが、際どい場面は何度もあった。

「鋭くなったなあ」

「いえ、まだまだです」

首を振ったが、勝てはしなかったものの納得できたからだろう、仲吉の顔は満足げであった。

二人は井戸端に出て体を浄めた。

稽古着を衣紋掛けに掛けて、木の枝に吊るしておいた。仲吉はびっしょり汗を掻いていたが、幸司はそうでもなかった。手拭で汗を拭い、濯いで絞ってもう一度拭うとさっぱりした。

南国園瀬である。

初秋と言ってもまだまだ暑かったが、空気に湿気がないため爽やかであった。体を拭いているあいだに、稽古着はほぼ乾いていた。

稽古着を着て帯を締め、道場にもどった。武者窓は開け放ってあるが、それでも汗が臭ってムッとする。

「手合わせ願いたいのだがな」

もどるのを待っていたように、佐一郎(さいちろう)がやって来た。

「疲れたってのなら、明日にしてもかまわんが」

そう言われれば逃げる訳にいかないので、断れないように挑発(ちょうはつ)するのだ。鶴(つる)松(まつ)たちの稽古相手をするようになってから、佐一郎が幸司を指名することがますます多くなっていた。

仲吉との七番勝負を終えた直後だけに、稽古着が重くなるほど汗を掻いた。相当にきつかったが、なんとか互角で終えられたのである。

例によって道場横の掘抜き井戸から、釣瓶で水を汲みあげて汗を拭った。

「藩校の池田先生が、龍彦の長崎行きを推薦してくれたんだそうだな」

佐一郎がさり気(げ)なく訊いたのは、盤睛が屋敷に来た前日のできごとを、布美が兄に話したからだろう。身内で同年齢ということもあり、佐一郎と龍彦は互いに呼び捨てにしていた。

「推薦していただいた中に、義兄(あに)の名も入っていたとのことでした」

「しかし、いいな」

「なにがでしょう」

「力になってくれる知りあいが多い」

幸司は黙っていた。またそのことかと、いささかうんざりしないでもない。幸司が無言なので佐一郎は続けた。

「次席の御家老、御中老、藩校の教授方。実力者ばかりで羨ましいかぎりだ」

源太夫の後添いみつの子の幸司だけでなく、養子の龍彦にも日が当たった。それなのに、先妻ともよとの実子修一郎とその子佐一郎は、まるで蚊帳の外に置かれたままである。なぜそうなるのだ、との思いが言外に籠められていた。

特に佐一郎にすれば、三歳年長でしかも剣技は上なのに、自分にはなんの構いもないのかとの不満がおおきいのだろう。いや、上であったのに、ほとんど互角になってきたことに対する焦りが生じているのかもしれない。

幸司が鶴松の学友に、その実、剣の指南役に選ばれたことを、やはり根に持っているのだ。

源太夫が上層部の何人かと知己であることは、特におおきな意味は持っていないはずである。だがそれは幸司側の言い分であって、実情を知らぬ佐一郎には通じない。

視野の片隅に光るものを感じた幸司がそちらに目を向けると、お濠の水面の上を蜻蛉が飛んでいた。

四枚の長く広い翅をうまく操って、空中の一箇所に留まっているかと思うと、翅をほとんど動かさずに、すっと何尺も移動することもあった。その翅が陽光を反射したのである。

アキアカネは夏場を山の雑木林で過ごし、秋になると里に降りてくると聞いたことがあった。

すでに秋なのである。

中老の芦原讃岐が烏帽子親になり、幸司の元服の式がおこなわれる秋になっていたのだ。準備は本人の知らぬところで、滞りなく進められているのだろう。父も母もそれに触れようとしないので、幸司は当の本人でありながらなにも知らない。

「幸司は未だに、毎朝、道場の拭き掃除をしているそうだな」

「はい。十四歳の若手ですので」

「いい加減に止めてもらえないか、と言って来る者がいるのだ」

一瞬、幸司は言われた意味がわからなかった。

「どういうことですか」

「どうもこうもあるものか。考えるまでもなかろうが」

「なにがでしょう」

「そこまで惚けられては、続けられないではないか」

　曖昧に、思わせ振りに言われるのが、幸司とすれば一番の苦手である。話を続けたとしても、水掛け論になるのがオチであった。

「道場主の息子が朝一番に道場に出て、率先して拭き掃除をしておる。となりゃ、ほかの弟子はいたたまれなかろう」

「先ほども言いましたように、わたしは十四歳の若手です。しかもお弟子さんたちは通っていますが、わたしはここに住んでいるのですから、だれよりも早く道場に出て床を浄めるのは当然だと思いますが」

「自分だけの考えで事を運ぶのはどうか、と思うがな」

　議論にならない。話がまるで嚙みあわなかった。もたもたと廻りくどく言ってないで、核心をズバリ言ってくださいよ、と言いたくなる。

　稽古を終えた弟子が三人、体を浄めるために井戸端にやって来た。それをいい潮に、幸司は道場にもどることにした。

　岩倉道場は日の出から日没まで開けてあるが、道場主の源太夫が指導するのは午前だけである。幸司も原則として朝だけ道場に出ていたが、その日は年少組が藩校「千秋館」で学ぶ日であったので、午後に指導することになっている。

礼儀正しさ、「はい」と小気味よい返辞をする素直さ、甲高い気合声を思い出すと、幸司は午後が待ち遠しかった。

四

「わしの軍鶏は良い成績を残すはずだから、連中がこのことを知ったら、功名をあげるための抜け駆けだと騒ぐにちがいない。だから幸司、黙っていてくれよな」

鶴松がそう言うには理由があった。

幸司が次席家老九頭目一亀の継嗣鶴松と学友たちの、剣の相手をするようになってほどなく、鶏合わせが話題になった。

観戦した学友たちはその闘いの凄まじさに驚いた。幸司の父源太夫が秘剣「蹴殺し」を編み出したことを知らぬ者はいないので、実際に鶏合わせを見るなり自分も飼いたいと言い出したのである。

学友とは松並千足、目黒三之亟、足立太郎松、瀬田主税、仙田太作の五人であった。

絶対だめだと家族に猛反対された者もいたのだが、鶴松が飼うと知ると許可されたのである。もともと息子の将来を考え、あらゆる伝手を介して鶴松の学友に送りこんだという事情があった。当然だが、「鶴松さまがお飼いになられるなら」となったということだ。

源太夫はかれらに選ばせて、それを与えることにした。どの若鶏を選ぶかで、眼力があるかどうかがわかる、と思ったのかもしれない。

幸司は餌の材料、作り方と与え方、水浴びや日光浴のさせ方などを羅列して記した物を渡しておいた。

学友はだれも老職の息子なので、自分はただ命じて世話は若党や下男にやらせていた。だが実際にやらせてみると、次々と問題が生じるのは当然のことかもしれない。

ある日、鶴松が微行で、護衛も兼ねた家士一人と、軍鶏の世話係の若党だけを連れて岩倉家を訪れた。

換羽期に入っていたので源太夫は鶏合わせはやらず、若鶏の味見だけをやっていた。鶴松はそれが終わったころを見計らって、やって来たのである。

事情を察した幸司は、鶴松たちを表座敷に招いた。そして稽古帰りの弟子たちに見られぬよう、道場側の障子は閉て切った。思った通り軍鶏の世話に関することであったので、幸司は亀吉を呼んで若党の質問に答えさせた。若党は懐から手控えを出したが、そこには具体的な質問事項が記されていた。

若党は訊きながら几帳面に書き入れた。鶴松はそういう性格を見込んで、世話係にさせたのだろう。

手控えを見直して、知りたいことは全部わかりましたと若党が言った。亀吉が「ほんならわいは、餌を作りますので」と言って席を立とうとすると、家士が呼び止めて紙包みを渡した。

亀吉が困惑した顔をしたので、幸司は「教えてあげた礼なので、遠慮なくいただいておきなさい」と言った。亀吉が何度も礼を言って辞し、その姿が消えるのを見てから、鶴松は抜け駆けの話を弁解するように持ち出したのである。

「それはよろしいですが、鶴松さまがこのようにされるということは」

「すでにだれかがまいったか」

「いいえ、どなたもお見えではありませんが、このあとないとも思われません」

「すでに鶴松さまがいらしたとは、どなたも考えてはいないでしょうから」

そこで幸司がわざと言葉を切ったのは、鶴松の反応を知りたかった、という部分もあったからだ。

「断れば、却って不自然に思われるということだな」

「実は父は、鶴松さまがあの若軍鶏を選ばれたと知って、言葉にはしませんでしたが、まさかと思ったようです」

鶴松は正面から幸司を見た。幸司は瞬きもせず、視線を受け止めた。

「手許に置いておきたかった若軍鶏、ということか」

その問いには幸司は答えなかった。鶴松は黙って考えていたが、ふっとその顔が緩みを見せた。

「であれば、連中が来たら気がすむまで教えてやればよかろう。先手必勝で、こっちは一歩も二歩も先を行ってるからな。成鶏とちがって若鶏のときの一歩、二歩は、それだけおおきいということだ」と、鶴松はニヤリと笑った。「ひと腹で八個から十個、孵った雛の中で一羽残せるかどうかだ、と言っていたではないか」

「来れば、どうする」

その一羽を手に入れることのできた眼力が、自分にはあると幸司が言ったも同然なので、それがわかったからこそ鶴松はニヤリと笑ったのだろう。

「わたしも最近知ったばかりなのですが、お礼肥という言葉があるそうでしてね」

オレイゴエだと？　とは鶴松は問わなかった。

「軍鶏とか鶏合わせに関する言葉ではないようだが、関係がなくもないようだな」

「鶴松さま、お時間はよろしいのですか」

「かまわぬが、泊まっていけとなると、そうもいかぬか」

冗談っぽい言い方をしたが、家士は表情も変えずに微かに首を横に振った。

亀吉から得たばかりの知識を、幸司はなんとしても話したかった。なぜなら、鶴松にはわかるはずだ、わからぬはずがないと直感したからである。

幸司は亀吉が権助から聞いたお礼肥の話を、自分の考えや感情は一切入れずに、可能な限り淡々と話した。

ときどきうなずいたり、口を結んで天井を見たりしながら、幸司が語り終えるまで、鶴松はひと言も口を挟まなかった。

しばらく黙ったままだったが、やがて鶴松は言った。

「武芸に、いや、人が生きていく上での、すべてに通じることであるな。なにごともそうであるが、知れば知るほど奥が深い」とそこで切り、ややあって鶴松は続けた。「鶏合わせには、いつごろ出せそうだ」

源太夫が残したかった若鶏を自分が選んだと知って、俄然(がぜん)、十日か半月に一度催(もよお)される鶏合わせの会に、出場させたくなったのだろう。

「軍鶏は七ヶ月ほどで成鶏になりますが、人で申せば元服の年ごろでしょうか。一応体はできたように見えても、骨格がしっかりしていませんし、筋も肉も闘うには不十分でしょう」

「とすると」

「やはり一年ですね」

「わしがもらった軍鶏は、何ヶ月になる」

「五ヶ月になります」

「となると、あと七ヶ月か」

「ただ、育てるだけではだめです。若鶏はしょっちゅう喧嘩(けんか)をしていましてね。もっとも体ができるまでは、じゃれあいのようなものです。そうしながら闘いに必要な骨や肉を徐々に作ってゆきますし、いろいろな闘い方があることを学ぶのです」

「となると、何羽も飼わんとならんのではないのか」

「ここに持って来ていただければ相手に不自由はしませんが、そうもゆきませんからね」

次席家老の息子が軍鶏を飼っているくらいなら、それほどの噂にはならないだろう。

しかし軍鶏を入れた籠を家来に持たせ、あちこちで鶏合わせに現を抜かしているとなると問題だ。普段はいいかもしれないが、なにかあったときには、武士としての心構えの欠如だと指摘されるにちがいない。

政敵と言うほどではなくても、虎視眈々とねらっている者は少なくない。おなじことが光の当て方ひとつで、白にも黒にも、善にも悪にもなるからである。

「十日か半月に一度ぐらい、学友のみなさんで若鶏を持ち寄って、味見をされてはいかがでしょう」

「それは考えぬでもないが、全部で六羽だから、顔触れが固定されてしまう」

「問題はありません」

「なぜに。なるべく多くの相手と闘えば、より多く学べる」

「おっしゃるとおりですが、ほとんどの軍鶏は、闘いながら強くなってゆくのです。どういうことかと申しますと、相手の攻め方や護り方を、対戦中に自分の戦法に採り入れますからね。鶴松さまとご学友が五名ですから、全部で六羽。どの若鶏も五羽の闘い方を、自分のものにできる可能性があります」

「理屈ではそうかもしれんが」

「鶏合わせの会に集まる方は、どなたも一羽か、せいぜい数羽しか飼っておられません。特に藩士はほとんどがそうです。ある商家の隠居のように、父と変わらぬくらい飼っている方もいないではありません。ですが、それは例外ですから気になさらなくていいと思います」

「そういうものなのか」

「このまえは味見でしたが、最初にご覧になったのは正式な鶏合わせでした。線香を燃やしていたことを、覚えておいでですか」

　鶴松は空に目を遣って、思い出していたのだろう、やがて言った。

「そういえば線香一本分に見合った軍鶏、というようなことを言っておったな」

「鶏合わせは、片方が倒れるまでやることもありますが、ほとんどは時間制です。そのときには、四半刻（約三〇分）で燃え尽きる線香を用います」

「ああ、その説明は聞いた。甲乙で甲が上と見ると、勝負を線香一本とした場合、一本が燃え尽きるまで乙が堪えれば乙の勝ち、でなければ甲が勝者となる、との決まりだな」

「若軍鶏ですと三分の一（約一〇分）か、長くても半分（約一五分）以内としてください。それで十分だと思います」

「十日か半月に一度だと、相手が五羽おればふた廻りほどで、鶏合わせの会に出せることになるな」

「くれぐれもお願いしたいのですが」

「どうした、改まって」

「あまり軍鶏に熱中されますと、とやかく言われかねません。ですので、これまで以上に学問に、そして西の丸の道場だけでなく、弓場や馬場で稽古に励まれることです」

「なにごとにもそれなりに熱心に取り組んでおるが、軍鶏もその一部である。むしろ学問や武芸での疲れを取る、気休めだと思わせるということか」

「よく、おわかりで」

「幸司、だよな」

「はあ？」

「そんな間の抜けた顔をするな。わしとおなじ十四歳の、岩倉幸司だな。と言っておるのだ。幸司が考えたままを、幸司の意見としてわしに話したのであるか」

「おっしゃる意味がわかりかねますが」

「今の話の進め方はわが父とおなじでな。鶴松をあまり調子に乗せぬようにと、父に言い含められたのかなと、一瞬だがそんな気がしたのだ」と、鶴松は供の家士に言った。「だろう。そう思わなかったか」

家士としてはうっかり答える訳にいかず、口をもごもごさせるだけである。それを見て鶴松は苦笑した。

「では、引き揚げるとするか。幸司の助言は心に留めておこう。なに、わからぬことが生じれば、訊きに来ればよいのだからな」

「その場合は何刻に屋敷にまいるようにと、使いの方を寄越してください。それがしが伺うなら目立ちませんが、鶴松さまが動かれますと、どうしても人目を引きますので」

「なに、そう度々（たびたび）ではないので気にすることはなかろう」

「ですが、念のためでございます」

「そういうところも、わしの父にそっくりだぞ」

アハハハハと高笑いして鶴松は席を立った。

五

中老の芦原讃岐は、三人の家士と荷物を持った若党一人を伴(ともな)って岩倉家を訪れた。

八畳の表座敷には元服する幸司と父の源太夫、讃岐と家士だけが入り、静かに襖が閉められた。若党は元服式には関係ないので六畳間に控える。また母親のみつと妹の花も参列できないので、おなじように控えた。

烏帽子親の讃岐が加冠(かかん)の儀(ぎ)をおこなう旨(むね)を告げ、型通りの挨拶があった。讃岐にうながされて、家士の一人が風呂敷包みを幸司のまえに差し出した。烏帽子親讃岐からの祝いの品である。

家士にはそれぞれ役割があって、まず鏡台幷(ならびに)鏡の役が幸司の正面に鏡台を据(す)え、正座した状態で顔が映るように位置や角度を調節した。続いて打乱(うちみだれ)箱の役が、鏡台の横に、内側に紙の敷かれた打乱箱を置いた。

用意が整うと、理髪の役が前髪を落として月代（さかやき）を調える。剃（そ）った髪を打乱箱の役に渡し、受け取ったほうは箱の紙の上にそれを並べて置いた。理髪が終わると髪を紙で包み、箱が蓋（ふた）で被（おお）われる。

理髪の役が髷（まげ）を結（ゆ）い終えると、鏡台幷鏡の役が幸司に髪を調えた姿を見せた。

「おッ」と出掛かった声を呑みこんだ。

前髪を落とすとまるっきり雰囲気が変わり、当然だろうが随分（ずいぶん）と大人っぽい。

「本来ならば」と、讃岐がいつになく畏（かしこ）まった口調で言った。「加冠の役であるそれがしが、烏帽子を被（かぶ）らせることで元服の式、初冠（ういこうぶり）の儀を終えることになるが、近年では略式となっておるでな」

讃岐は懐から紙片を取り出したが、折り畳まれた表には命名と書かれていた。開けば元服名、つまり諱（いみな）が書かれているのだ。それはのちに父と子で確認するが、人には見せないし報（しら）せないことになっていた。

幸司は紙片をうやうやしく押し戴（いただ）くと、懐に収めた。

家士の一人に讃岐が目配せするとうなずき、風呂敷包みを慎重な手付きで解（ほど）いた。細長い錦の袋で、一目で短刀とわかる。

「御家老九頭目一亀さまからの祝いの品である」

老職の息子の烏帽子親は藩主が務め、大刀または脇差が贈られるとのことであった。一般の藩士の元服に、家老から短刀が贈られるのは特例であるらしい。鶴松の学友として剣のお相手をすることになり、しかも優柔不断なところのある跡継ぎを、わずかな期間で立ち直らせたことに対する、礼の気持が籠められた品ということだろう。

「これにて加冠の儀を、滞りなく終えることができ申した。なお、烏帽子子の通称は三太夫である」

讃岐は念入りに、右手の人差し指で空中に三太夫と書いた。

理髪の役を務めた家士が襖を開け、みつたちに式が終わったことを告げた。

幸司改め三太夫、父親の源太夫と母親のみつが、元服式を執りおこなった讃岐と三人の家士に、丁重に礼を述べた。横に控えた花もいっしょに頭をさげる。

すぐに膳部が運ばれたが、銚子と盃も添えられていた。烏帽子親と烏帽子子の、固めの盃を交わすことになっているからである。

「おめでとう、三太夫。これで一人前の男となったのだ」と、讃岐は銚子を取ってうながした。「さあ、受けてくれ」

「謹んでお受け致します」

両手で戴いた盃を口に運び、唇を付け、含んだ。

苦い。

おいしいとはとても思えないが、表情には出すまいとした。

「初めてであろう、酒は」

「はい」

「うまいか」

「わかりません」

「正直なやつだ。これからも多くの初めてのことに出会い、経験を重ねてゆくことになるのだが、慣れることもあれば、慣れねばならぬこともある。だがなにからなにまで、慣れることはないのだぞ。ん、いかがいたした」

「わかったような、わからぬような」

「正直なところは、若き日の新八郎とそっくりだが、おおきくちがうところがある」

「弥一郎」と、言ったのは源太夫である。「元服の式に、関係のないことは言うべきではないだろう」

「託けて悪口を言おうというのではない。おおきなちがいというのは、新八郎時代の源太夫が、今の三太夫の十分の一も喋っておれば、わしは随分と楽だったろうなと思っただけだ」

源太夫は肩透かしを喰ったような気がしたが、日々腹芸での折衝に明け暮れる男には、なんでもない気楽な遣り取りなのだろう。横目でみつを見ると、「おまえさまの負けですね」とでも言いたげに、微かな笑いを浮かべていた。

「どうしたというのだ、花」と、言ったのは三太夫である。「なにをジロジロ見ている。御中老さまが同席されておらなんだら、噴き出しそうだな」

「前髪がないとまるでべつの人みたいですよ、幸司兄さん」

「当たりまえだ。まったくの別人だからな。花の知っている幸司はどこかへ行って、三太夫と入れ替わったのだ」

「馬鹿なことを言っていると、みなさまに笑われますよ」と、みつが言った。

「元服したというのに、前髪を落とすまえといっしょではないですか」

「おっと、忘れるところであった」と、讃岐が言った。「鶴松さまの元服が、お決まりだとのことでな」

言われて源太夫と三太夫は顔を見あわせた。その事実よりも讃岐がそれに絡んだ事柄を、話したがっているような気がしたからである。

黙って先をうながした。

「年が明けて十五歳の正月吉日にとのことだが、元服名は当然烏帽子親の御前さまがお付けになる。問題はその折に名乗ることになる通称、つまり通り名だが」

家老、中老などの老職、役持ち重職の継嗣の烏帽子親は藩主が務めた。自分の名の一部を与えて命名する。

元服時の名が本名となるが、これが諱で、忌み名ゆえ口にしてはならないとされていた。本名はその人物と霊的な繋がりを持ち、それを呼ぶと霊的人格を支配すると考えられているからだ。

そのため烏帽子親は、上級藩士の場合は藩主、下級の者は元服者の父親と親しい上役か役職の者、あるいは親戚の年長者が務める。義理の親子としての絆が生まれ、支配される意味も持つからだ。

諱を知っているのは烏帽子親と父親、そして本人で、その名で呼んでもいいのは親である二人のみとされている。もしほかの者が知ったとしても、みだりに呼んではならない。それもあって元服時に、普段呼ぶための通称を決めていた。今回の三太夫がそれである。

鶴松の父九頭目一亀と讃岐は、俳諧(はいかい)の同好会「九日会(ここのかかい)」の同人として親しいこともあり、なんらかの事情で鶴松の通称を元服まえに知ることができたのだろう。

「特異な人物振りには、まえまえより感嘆(かんたん)しておったのだが、今回もまた驚かされた。まさに神出鬼没(しんしゅつきぼつ)の一亀さま時代、そして求繋(ぐけい)さまそのものでな」

求繋は一亀の俳名で、ちなみに讃岐は哉也(かなや)である。

讃岐の言うように、一亀は型破りな人物であった。

先代藩主九頭目斉雅(なりまさ)は、藩政を私物化した筆頭家老の稲川八郎兵衛(いながわはちろべえ)から実権を藩主家に取りもどすため、苦悩の選択をせねばならなかった。正妻の子隆頼(たかより)を次の藩主とし、その兄で側室の子一亀を、同族で家老の九頭目伊豆(いず)の娘美砂(みさ)の婿(むこ)養子としたのである。藩主である弟の補佐役として、力を発揮できると見たからだろう。

家老となった一亀は、武家には踊ることはおろか見物さえ禁じられた園瀬の盆踊りで、町人姿で頬被(ほっかむ)りして踊っていたのが露見(ろけん)し、裁許(さいきょ)奉行に格下げされてしまった。ところが懲(こ)りずにどこにでも出掛け、身分に関係なく領民に接した。神出鬼没の一亀さまと渾名(あだな)され、だれからも親しまれたのである。しかも「園瀬の里の愚兄賢弟（ぐけいけんてい）」と呼ばれているとの噂を、自分から流したのであった。

ほどなく讃岐が同人である俳諧の会「九日会」に加わることになったが、そのときの挨拶が振るっている。

「ここしばらく平穏（へいおん）だった園瀬の里を、一人で騒がせ、うしろ指を指されている愚兄賢弟の前者が、ほかならぬわたしです」

そして俳名を披露（ひろう）したが、それが求繫であった。愚兄に引っ掛けたものだが、「どなたとの繫がりを求めておられるのでしょう」と訊かれ、「九日会の御一同」と答えて入会したという経緯（いきさつ）があったらしい。

老職の身でありながら、一風どころかとんでもない変わり者である。

「いかなる方法で、鶴松さまの元服後の通り名を、なんと決められたかだが。どうだ、決めた方法と名前がわかるか。両方でなく、片方でもわかれば大したものだが」

通り名の命名に関しては、それぞれの思いが色濃く出るはずであった。

讃岐に付けたい名があるかと訊かれた源太夫は、自分の考えを打ち明けた。

幸司に取って父親である源太夫と、母親みつの名を組みあわせようと考えた。

そこで三太夫とし「みつだゆう」と読ませたかったのだが、あまりにもあからさまなので「さんだゆう」としたのである。

源太夫はもちろん、みつ、三太夫、花も真剣に思いを巡らせたが、簡単に浮かぶものではない。

讃岐はニヤニヤ笑いながら見ていたが、だれもが首を傾げて、空を睨むばかりで一つも出てこない。段々と焦れ始めた讃岐は、我慢できずに言った。

「御家老の御幼名は亀松さまだった」

四人が一斉に反応したので、讃岐は満足したようである。

「さすがにそこまで言えばわかったようだが、花どのが一番早かったな。で、お名前は」

「イチのツルで一鶴さま」

「なぜ、そう思われた」

「亀さまのご幼名が亀松さまなら、鶴松さまの通り名は一鶴さまとなるのではないでしょうか」

「全員おなじ考えだろうな」と、讃岐は満足げな笑みを浮かべた。「ま、これは初歩的だからだれにもわかるが、問題は決めた方法、どういうふうに決めたかを聞かせてもらいたい」

「鶴松さまのご希望では、なかったでしょうか」

「どういう理由でそう考えられたのだ、みつどのは」

「花の申したことと重なりますが、お父上のご幼名が亀松さまで一亀さまなら、ご自分は鶴松ですから一鶴だと」

「いいえ、母上。それはないと思いますよ。鶴松さまは内気な方ですから、ご自分からはおっしゃらないと思います」

「さすがに、ご学友。いや、皮肉ではない。さすがによくわかっておる。となると、もうひと声」

まるで思い浮かばないのか、おそらく的外れでは恥を掻くと考えての逡巡かわからないが、だれもが唸るばかりなので讃岐はまたしても焦れ始めた。

「御家老が飛びぬけて型破りなこと、奥方の美砂さまが明るい開けっ広げな方であること、鶴松さまが老職の若さまとしては信じられぬほど素直であること、と言ってもわからんだろうな」

「ますますわからなくなったが」と、源太夫が言った。「弥一郎は惑わそう、混乱させようとして、故意にいろいろと並べたのではないのか」

「勘繰ってはいかんな。三万六千石の大名家の次席家老家ともなれば、通常は格式張ったものだ。どこだろうと当主のひと言ですべてが決まるが、園瀬藩に関しては、ではなかった次席家老家においてはその限りでない。ここまで言えば見当が付くであろう」

源太夫がみつ、三太夫、花と順に見たが、だれもが首を傾げた。

「降参だ。まるでわからん」

「鶴松さまの元服後の通り名は、驚くなよ、こうして決まったのだ」

と言っておきながら、讃岐は改めて岩倉家の面々を見廻し、続いて自分の家士に目を移した。

「そちたちはいかがであるか。遠慮せずともよいぞ」

「遠慮もなにも、お手あげでございますよ」

随身した中では一番年輩の、理髪の役の家士がそう言った。

「もう一度言おう。驚くなかれ、こうして決まった」と、讃岐は言った。「御家老、奥方さま、鶴松さまが紙片に名前を書いて、同時に差し出したのだ」

「三枚とも一鶴だったのですね」

「花どのの言うとおり。ではあるが、なんとも呆(あき)れ果てた」と言ってから、讃岐はあわてて言い直した。「ではなかった。気持が見事なまとまりを見せた、羨ましきご一家ではないか。だれもが自分の考えを示しながら、それがピタッと一致したのだからな」

　それにしても、と幸司ではなかった、三太夫は思った。たしかに次席家老九頭目一亀の一家は、類を見ない特異な家族である。それを言いたくなるのはわからぬでもないが、嬉々として語る中老の芦原讃岐も、相当に常軌を逸しているのではないだろうか。

　元服とそれにかんする通称を巡り、話は思い掛けなく盛りあがったのである。男子が生涯に通過しなければならない儀礼の中でも、元服はもしかするともっとも重要な式なのかもしれない。それが四角四面な堅苦しいものにならなかったのは、いいことなのだろうか、それとも……、と三太夫は思わぬでもなかった。

　だが、思うまでもないのだ。良いに決まっている。

　普段は目蓋を半分ほど垂らして眠そうな顔をした、藩校の教授方盤晴池田秀介が興奮気味に語った酢橘。艶やかな緑の色濃い果皮に護られ、旨味が濃縮されていながらもひたすら酸っぱく、種がやたらと多い酢橘。

　できれば自分は、多くの人に好まれる甘酸っぱい蜜柑ではなく、声を震わせて語る盤晴のような、熱狂的な人物に好まれる酢橘になりたいものだ、と三太夫は思わずにいられなかった。

良い酢橘を育てるには、花を咲かせるまえと果実を摘み取ったあとに、お礼肥を施さなければならないと権助は言った。元服はこれから花を咲かせるため、そのまえに与えるお礼肥ではないだろうか。

そしてこれからは、なにかあるたびに、なにかをやろうとするときに、なにかを成し遂げたとき、絶えずお礼肥を与え続けるべきなのだ。

「どうした三太夫」と、讃岐が言った。「なんだか、ぼんやりしておるではないか」

「そうですか。変ですね。もしかしたら酒の酔いが廻ったのでしょうか」

酒のせいかどうかはわからないが、なにかに酔っているのは事実らしい。

酢橘の「お礼肥」に関しては谷浩一氏にご教示願いました。

木鶏　新・軍鶏侍

一〇〇字書評

切・り・取・り・線

購買動機（新聞、雑誌名を記入するか、あるいは○をつけてください）

□（　　　　　　　　　　）の広告を見て	
□（　　　　　　　　　　）の書評を見て	
□ 知人のすすめで	□ タイトルに惹かれて
□ カバーが良かったから	□ 内容が面白そうだから
□ 好きな作家だから	□ 好きな分野の本だから

・最近、最も感銘を受けた作品名をお書き下さい

・あなたのお好きな作家名をお書き下さい

・その他、ご要望がありましたらお書き下さい

住所	〒				
氏名		職業		年齢	
Eメール	※携帯には配信できません	新刊情報等のメール配信を 希望する・しない			

この本の感想を、編集部までお寄せいただけたらありがたく存じます。今後の企画の参考にさせていただきます。Eメールでも結構です。

いただいた「一〇〇字書評」は、新聞・雑誌等に紹介させていただくことがあります。その場合はお礼として特製図書カードを差し上げます。

前ページの原稿用紙に書評をお書きの上、切り取り、左記までお送り下さい。宛先の住所は不要です。

なお、ご記入いただいたお名前、ご住所等は、書評紹介の事前了解、謝礼のお届けのためだけに利用し、そのほかの目的のために利用することはありません。

〒一〇一－八七〇一
祥伝社文庫編集長　坂口芳和
電話　〇三（三二六五）二〇八〇

祥伝社ホームページの「ブックレビュー」からも、書き込めます。

www.shodensha.co.jp/bookreview

木鶏(もつけい)　新(しん)・軍鶏侍(しゃもざむらい)

令和 2 年 3 月 20 日　初版第 1 刷発行

著　者　野口 卓(のぐち たく)
発行者　辻　浩明
発行所　祥伝社(しょうでんしゃ)
東京都千代田区神田神保町 3-3
〒 101-8701
電話　03（3265）2081（販売部）
電話　03（3265）2080（編集部）
電話　03（3265）3622（業務部）
www.shodensha.co.jp

印刷所　萩原印刷
製本所　ナショナル製本
カバーフォーマットデザイン　中原達治

本書の無断複写は著作権法上での例外を除き禁じられています。また、代行業者など購入者以外の第三者による電子データ化及び電子書籍化は、たとえ個人や家庭内での利用でも著作権法違反です。
造本には十分注意しておりますが、万一、落丁・乱丁などの不良品がありましたら、「業務部」あてにお送り下さい。送料小社負担にてお取り替えいたします。ただし、古書店で購入されたものについてはお取り替え出来ません。

Printed in Japan ©2020, Taku Noguchi ISBN978-4-396-34614-0 C0193

祥伝社文庫の好評既刊

野口　卓　軍鶏（しゃも）侍

闘鶏の美しさに魅入られた隠居剣士が、藩の政争に巻き込まれる。流麗な筆致で武士の哀切を描く。

野口　卓　獺祭（だっさい）　軍鶏侍②

細谷正充（ほそやまさみつ）氏、驚嘆！　侍として峻烈に生き、剣の師として弟子たちの成長に悩み、温かく見守る姿を描いた傑作。

野口　卓　飛翔　軍鶏侍③

小棚治宣（おなぎはるのぶ）氏、感嘆！　冒頭から読み心地抜群。師と弟子が互いに成長していく成長譚としての味わい深さ。

野口　卓　水を出る　軍鶏侍④

源太夫の導く道は、剣のみにあらず。強くなれ――弟子、息子、苦悩するものに寄り添う軍鶏侍。

野口　卓　ふたたびの園瀬　軍鶏侍⑤

軍鶏侍の一番弟子が、江戸の娘に恋をした。美しい風景の故郷に一緒に帰ることを夢見るふたりの運命は――。

野口　卓　危機　軍鶏侍⑥

園瀬に迫る公儀の影。もしや、狙いは祭りそのもの？　民が待ち望む盆踊りを前に、軍鶏侍は藩を守れるのか⁉

祥伝社文庫の好評既刊

野口卓　遊び奉行　軍鶏侍外伝

遊び奉行に降格させられた藩主の側室の子・九頭目一亀。その陰には、乱れた藩政を糺すための遠大な策略が！

野口卓　師弟　新・軍鶏侍

老いを自覚するなか、息子や弟子たちの成長を透徹した眼差しで見守る岩倉源太夫。人気シリーズは、新たな章へ。

野口卓　家族　新・軍鶏侍②

気高く、清々しく園瀬に生きる。淡々と、しかしはっきり移ろう日々に、家族の姿を浮かび上がらせる珠玉の一冊。

野口卓　羽化　新・軍鶏侍③

剣客として名を轟かせた偉大な父の背は、遠くに霞む。道場を継ぐことになった息子の苦悩は成長へと繋がるか？

野口卓　猫の椀

「短編作家・野口卓の腕前もまた、嬉しくなるほど極上なのだ」――縄田一男氏賞賛。江戸の人々を温かく描く短編集。

鳥羽亮　野口卓　藤井邦夫　怒髪の雷

非道な奴らは許せない！　ときに己を奮い立たせ、ときに誰かを救う力となる――怒りの鉄槌が悪を衝く！

〈祥伝社文庫　今月の新刊〉

石持浅海
賛美せよ、と成功は言った
成功者となった仲間を祝う席で、恩師を殺させたのは誰？　美しき探偵・碓氷優佳が降臨。

内藤　了
スマイル・ハンター　憑依作家　雨宮　縁
幸福な人々を奈落に堕とし、その表情を集める異常者——犯罪の迷宮を雨宮縁が崩す！

西村京太郎
北軽井沢に消えた女　嬬恋とキャベツと死体
キャベツ畑に女の首!?　名門リゾート地を騙る開発計画との関係は？　十津川警部が挑む。

山崎洋子
誰にでも、言えなかったことがある
両親の離婚に祖母の入水自殺……。江戸川乱歩賞作家が波乱の人生を綴ったエッセイ。

宮津大蔵
ヅカメン！　お父ちゃんたちの宝塚
池田理代子先生も感動！　夢と希望の宝塚歌劇団を支える男たちを描いた、汗と涙の物語。

鳥羽　亮
仇討双剣　介錯人・父子斬日譚
殺された父のため——仇討ちを望む幼き旗本の姉弟に、貧乏道場の父子が助太刀す！

野口　卓
木鶏　新・軍鶏侍
齢十四、元服の時。遠く霞む父の背を追い、道場の頂点を目指して、剣友と鎬を削る。